日本史籍協會編

巣内信善遺稿

東京大學出版會發行

巣内信善遺稿

緒言

本書ハ伊豫大洲ノ人贈從五位巣內信善(式部)ノ遺稿ヲ蒐集セルモノニシテ原ト慷慨歌集ト題セルモ尋常花鳥ノ吟詠ニアラス皆其國事ニ盡瘁ノ際死生ノ間ニ處シテ一腔ノ心血ヲ國風ニ托セルモノニシテ啻ニ忠憤惻怛ノ心事ヲ察スヘキノミナラス篇々悉ク有力ナル史料ナリ今其遺族ノ承諾ヲ得テ之ヲ剞劂ニ付スニ莅ミ長井音次郎氏ノ紹介ノ勞ヲ謝ス猶同氏ノ著述ニナル小傳ヲ加フルヲ得タルハ本書ノ爲メニ津梁ヲ得タルノ感ナキ能ハス

併セテ之ヲ謝ス

大正十一年十一月

日本史籍協會

巣内信善遺稿　目次

目次

慷慨歌集一

元治二己丑年三月高松左兵衛權佐實村朝臣石清水臨時祭の舞人ニ而下向ありけるに花ハさかりすきたるも多かれといまた半なるもありし扠下向の堂上樂人その外祭りニ預る官人夜戌刻頃より松明を照らし八幡の社に登りぬ其舞人の内野々宮殿の花傘にハ紅白の椿坊城殿の作りはなハ山吹の咲乱りたる之錦織殿のハ桃の紅白に咲分たる之高松殿のハ櫻の花を山の如くに作りて布衣雜色の袖にハ紅葉の折枝袖にも裾にも重きはかりに付たり夜明て御神事はてぬ

宮人のともしつれたるまつの火に匂ふ八はたの山さくらはな

攘夷の御祈願とて御幸あらせ給ひけるもはや三年はかりの昔となりぬ然るに花傘の作り花を手折て人々に遣るとて

そのかみも思ひ出られつ八幡山御幸ふりにし花の面影

同三月廿七日　勅命によりて日光へ下向の首途として八坂の神社ニ詣給ふへかりしを廿六日夜火の騒ニて多く焼けり故に俄に北野々（マヽ）社ニ詣て給ひぬ同廿八日ハ高松殿をはしめ東下の人々上下となく立騒きていそかし然るに五條の川原町邊に仲左近といへる有是より人して呼ニおこせける故に行ぬ此人兼而志をふり起して願ことしたるこハ世の中のかく乱りかハしきもかの讃岐の國にます崇徳天皇の御いかりのいまも止ますてかゝることにやと思ひて晝夜となく此事忘れさりけり然るに此度東下を聞て江戸平田翁の玉たすきの中にかく世の中乱れし其根本を深く考るに禍津神の荒ひハ元ゟなれともいとも〳〵もかしこきハ崇徳天皇の御いかりより起れるにやと思ふこと有其説こゝに盡すへくも有らねハ別に記するをみよと有此事を書取りて歸り呉よとなり元より此事ハ同意の事なりしかはよしといひて別れぬ夫ゟ本國寺に居し水戸

の大こし伊豫介宮田齋鯉沼増子芳我等の人々に東下を告て歸りぬつと
めて雨降ていとも〳〵もわひしかりしを都をそ立出ぬ
都出て草津の里の草枕かりにも夢ハ結はさりけり
かへりみる都ハ遠くなりにけり春の別れのをしきのみかは
はる深くちりそふ花を雪と見て袖ふりゆくも面白きかな
兎もあれ すれハうしともいひし九重も旅にしあれハ戀しかりけり
卯月のはしめ近江の國にて
今ハはや春の名殘もつきはてゝ旅人いそく曉のかね
移りゆくかゝみの山もくもれかし旅のやつれを人もこそみれ
人ハみな夏の姿となりニけり春ハ昨日の入あひのかね
樂ミハまたたのむかけともなりぬへし夏にかけたる藤なみのはな
故郷を遠く隔てし都さへ雲井のよそになりにけるかな
九重の都ハいつら思束な心あてなる山もかくれて

木々ハみな若葉のいろに春暮て老曾のもりハ花も殘らす

　行程に卯月三日御嶽の驛に著す

都にて誰かハそれと詠むらむこゝに木曾路の峯のしら雪

深山邊ハ桑の若葉もまたしきに朝風寒し夏ハ來にけり

ふりさけてみたけのみねの白雲ハ去年より殘る雪にそ有ける

はるすきて夏の日數ハ積れともまた風寒し木曾の谷かけ

四日御嶽の驛を立然るに宵の程曇りて明日ハいかにと思ひ遣りぬ殊に十三峠と歎いひて山路いと難所のよし聞渡れハ取分て晴をのみ祈りしニ今朝になりて聞ハ雨の音はら〳〵として風もひやゝかに吹ぬ去れとも止むへきニあらねハ起出て調度とゝのへて外の人々の事を聞くにまたふしたるも有漸く起たるもありと然るに外御馬組の方々ハや出立になりぬと雖もいまた其氣色なし然るに雨もいよ〳〵降出ていとわひし扠よふ〳〵一二の木打ならせハ御立になりぬ雨ハいよ〳〵ふり出て十

三峠ハ殊に強くふりぬ道ハとり分てぬかりぬ何ともいはんかたなし午後ハ篤（駕カ）にのりて夕暮頃中津川の驛に付ぬ此所にハ平田家の門人多き中に間秀矩といへる有此家に尋ね行てみるに折から竹むら多勢女も來りあひて酒のみ物語りして古き友ニあふか如し正義の道同しきか故之叙とりの聲に驚きて別れて宿に歸りぬ去年水戸の浪士か此驛にて中食せし事彼日記にも有り其時秀矩か歌

つくは山この面かのもに道ハあれと夷を攘ふ道ハ一すちとよみしを水戸の黒澤新二郎か返し

夷討と思ひ筑波もむなしくて過る月日の數をしそ思ふ

白雪の積る中たにいろかへぬ松を心の友とこそ見れ

大津忠雄か歌

いさゝらハ夷か首を打攘ひすめら御心安めまつらむ

樫村直給か歌

大君の心盡しを一筋に思ふこゝろの何いとふへき

根津何某か歌

君か爲思ひそめぬる紅葉ハちりての後やいろ増るらむ

同五日中津川の驛を立間氏と共に驛のはなれニまてゆく是ゟ山道之然るに指して言ふ左りのかたの山の松林の中に白く見ゆるハ水戸の横田藤四郎といひて十八歳之しを去年和田峠の軍に父に先たちて討死せしを父の藤十郎其首を此所に持來りてひそかに埋め置しといへりこハ此驛ハ平田翁の同門の人多き故ニ行末人もおろそかにハせましと思ひて和田峠より我子の首を持來りて此所に埋メ置ぬと其親のこゝろの内いかに有りけん

とゝまるも行も親子の中津川なかれて深き契り之けむ

扠其事を憐んて里人白川家ニ願ひて是に神號給ハりぬ石津元綱雅（稚カ）子命と言小き社を立て祭りぬといへり又右のかたに城有赤かへの城といふ

夫より別れて往其情年久敷友の如し情實を以交るに天下の人たれか信友ならさらんや扨夫より上ケ松の驛有此邊ハ深山近くして風寒く都の二月頃の如し山々にハ雪多し山櫻山吹道のかたハらに咲みたれて清き水に移りにしきをあらふか如し今迄ハ山も高からす道もよくさしたる事なしこハ過しとし和宮御かた御東下の時に道を直したる故とそ扨此所に浦島か古跡有いかなる事に歟

浦島か深き契りも夢なれや寐覺の跡を見るに付ても

浦島か昔かたりとなりニけり寐覺の床の深き契りも

山川の深き契りも夢なりとみを浦島か寐さめしつらむ

奥山の木々の下露谷の水なかれ〳〵て木曾のおほ川

都にて名殘なりける花を又木曾の山路の奥にみるかな

唐人の燒し山路もよそならし木曾の谷間にもゆるつゝしハ

小野々瀧といへるにて

今ハはやみとりのいろに染かへよ夏にかけたる瀧の白糸

高根より繰て落せる白糸に人もよりそふ小野々瀧つ瀬

駒か嶽山より上にかつみえて高根の雪ハ夏もふりけり

夏衣折々雪もふりそひて面白毛なる駒か嶽かな

不二のねハ雲井のよそにかつはれて松風たかし鹽尻の山

見んと思ふ不二ハ曇りて鹽尻の山路ハたかし日ハかたふきぬ

不二の根ハ雲にかくれて諏方の湖の浪風たかし鹽尻の山

夜ハ諏訪の驛に宿る落士大山直路飯田守人來りて夜もすから酒のみ物語りしてつとめて明の朝に至り物語りをとゝむ守人か歌に

ひるかへる大和にしきの御はた風我みにおひて死ぬよしもかな

弓矢もて罪をとはすハ（笛吹之）臼井山越て東に我ハくるらし

水戸の龜山雄右衛門か歌

たゝよへる國をつなきて一筋にかくるゝ御代の長門人はも

神な月時雨ふる夜にさまよへと松の木かけにたゝすみハせし

武士のたつ矢たはさみのる駒の立髮分る野邊の朝風

一和田峠の合戰武田彦右衞門を奇兵之將として間道千辛万苦を經て上之
山ゟ落しかけ候ニ付諏訪勢大ニ敗走但諏訪方ハ安内を能知りたる故に早
々かけ散候處松本勢ハ不知案内方角を取失ひ散候故ニ大ニ敗し討死尤
多し然るに山の折まかりに諏訪ゟ大炮を構へ置しを大敗方の兵士迯る
にいとまなく浪士ハ大勢うつ卷上り來るニ付餘儀なく大炮に玉を多く
こみて相待候よし然るに夕暮登り來る處へ打こみ候ニ付此所にて多く
被討候よし扨横田藤四郎も此所にて討死其時深手にて介錯を賴み候よ
し故に親の藤十郎既に切らんとせしを武田大夫親の介借よりハ我すへ
しとて切られ候よし扨此所浪士大勝利下諏訪へ押來りて宿陣せしと飯
田大山両士の物語りしき

都にて名殘と見しを夏衣きそ路ハ花そさかりしけり

桃さくら匂ふを見れハはる〳〵と越へて木曽路の山そかひある
　前ニ云和田峠の合せん諏訪勢討死五十三人松本勢七十余人浪士十四人
　討死此塚和田峠の麓ニ有
笛吹峠此頃連日之雨に道ぬかりてさなから深き田のことしさしもの難
所登り八十八丁なれとも下りハ二里余り之夕暮に峠に至るに雨いみし
ふ降て泥の海を渡るか如し漸々もすれハすへりて谷のそこにや落ん又
泥にうもれて見えすやならんと思ふ程なりし
深田なす笛吹の山のぬかり道これやわひしき限りなるらむ
雨そゝく笛吹のみねのぬかり道たとり〳〵て小夜更にけり
　野州大平山に水戸の浪士久敷屯集せしと聞て
立去りし人ハ昨日を昔にて青葉にこもる大平のやま
大平の山のふもとを我ゆけハ雲井のよそにみゆる筑波根
山高み結ふ氷もしら雪も夏さへとけぬ黒髪の山

百敷や古き軒はそ歎かるゝ二荒の宮ゐ見るに付つゝ

二荒山ふたゝひ宮ハ動かしと立し柱の行末いかに

二荒山の宮を思へは天皇の居まし處ハ小屋のわらふき

百敷や古き軒はの歎かれて二荒の宮ハふためたに見す

東照宮の光りもあふかねハ大樹のかけもたのまさりけり

祭るともかひやなからむそのかみの掟も水の沫となりつゝ

日光中禪山といへるにて

わひしさをたれにかとかん五月雨のふり乱りたる黒髪の山

はるすきて夏の中はもいはつゝし匂へる山のめつらしきかな

此山に瀧有長サ七十五丈有といへり

白髮の三千丈にくらふれハまた黒髮の山の瀧津瀬

唐人の長きしらかにくらふれハまた黒髮の山の瀧津瀬

黒髮の山の瀧津瀬年を經て白き筋にそなり増りけり

年を經てたれか織らん山水のわくよりなれる瀧の白糸

深山路や雲ふみ分る夕暮に聞ともあかす鶯の聲

　霧降の瀧といへるにて

物としてかゝれとそ思ふ高根より落ても絶ぬ瀧の糸水

山姥かその白髮をふり乱し洗ふとみゆる瀧の糸水

足引の山もとゝろに落たきつ瀧の白糸幾世へぬらむ

初聲を聞ハ戀しも時鳥都のそらもかくや鳴らむ

立雲のみねよりたかき音すえ名も荒澤の瀧つしらなみ

天皇のことハ思ハて二荒山ふたつともなき大宮はしら

　不二を見てよめる

晴曇る高根の雲を姿にてしは〱かはる雪のふしの根

夏も猶ふるてふ雪ハそれなから雲に消たる不二の芝山

水無月も雪の降てふ不二の根の霞に消る春ハ來ニけり

晴行ハ松風たかし清見かた三保の浦邊に移る不二の根
見んと思ふ不二ハみそらにかつ晴て松風たかし三保の海原
名もたかき箱根のみねを越來れハ猶も雲井にふしの山みゆ
江戸に付て芝まて御供して夫ゟ引かへして秋田侯の中屋敷なる平田翁
に逢ひて仲左近か傳へこと中たるに其夜ハ直に品川迄歸るに付て跡よ
り寫して送るへしと有りし夫よりいろ〳〵物語りに夜更て朝かたに至
りて品川の驛に歸りぬ
武藏野々はらハぬ袖の露霜に消かへりても世を歎くかな
競へこし武藏さかみの強き名を昔にかへせ武士の道
鎌倉の古へふりにときかへし繰返してもえみし討はや
思ふこゝろありて
今ハはや枝諸ともに打攘へ大樹のかけもたのみすくなし
江戸なる山田常典か夷人共の渡り來れるにくみて

すなほなる道ハすたれて横さまにふみ見る世とハ之にけるかな

とよみて時（しカ）返事の奥によみて遣しける

目にみてハむねやいたまん聞にたに耳のよこれとなりにけるかな

然るに此たひ江戸に來りて

來て見れハむさしさたなし横はまの横すかめなる夷あき人

水戸浪士横田藤四郎元綱か父藤重郎か歌

大君のみことかしこむ増荒雄の時をし待とたゆとふへしや

やき鎌のとかまをむねにとき置ハしこのたふれをきためさらめや

武村多世子か中津川にてよめる

吹風になみよる尾花うらかれてさひしくも有か武さしのゝ原

矢野玄道か歌

よと川の登り下りにさす棹（舟）の絶ぬ思ひの有る夜之けり

大君の道のかためと東路に神さひ立る不二の芝山

信よし

思ひ遣る程ハ雲井の月影を袖に宿さぬ夜そもなきかな

道絶て今ハ人めをはゝかりのせきあえぬものハなみたなりけり

たよりあらハ海士のいさり火ほのめくを恨にしつむ歎きしぬとは

新玉のとしの數そふ歡ひにへり行ものハいのちなりけり

世と共に曇る今宵の月影になみたの雨もふるたもとかな

物思ふ夜はの枕の秋風になみたそゝかぬ曉そなき

さひしさハなみたにかこちふる雨の雫ひまなき秋の夕暮

月花にあたなを立る雲よなとよきこと國の堺へたてぬ

山家の歌とてよめる

夜もすから通ふかけ樋の水音にすみこそ増れ人のこゝろハ

山里ハ峯の松原谷の水思ふかきりにすむこゝろかな

故郷を思ふ歌

故郷ハいかに便りをせさるらむふみ遣りしより日數へにしを
こゝならて歸らしと思ふ故郷に今や打らむ夜はのさころも
思ふそよちるこのもとの雫より殘るはゝその杜のしくれを
片糸のよるハ乱れて物そ思ふとしへてあはぬこゝろ細さよ
ち里とて夢のたとちハ程なきに現にかへん故郷もかな
故郷によるへ夢ハ通へともなみより外の音つれそなき
故郷のはるやいかにと思ひやる袖さへいとゝ鹽たれにけり
手すつひに植し籬の白菊ハ今や咲らむ故郷にして
故郷ハ忘るゝひまのあらねはや思ひ出てふことのはもなし
我をまつ老の寐覺にたらちねや戀しかるらむ戀しき物を
たかたくみ我故郷にかけつらむ宵々ことの夢のうき橋
故郷ハ戀しきものゝかきりとハ花の都の旅ねにそしる
忘れんとすれハいよへせきかねてなみたハいとゝ故郷の夢

とし月を遠く隔てし故郷ハ夢路にちかくなり増るかな

たのみつる梢ハかれて老まつのはゝいかはかりさひしかるらむ

幽囚中よめる

つなかるゝ此みハうしと思ハねと待らむ親に心をそひく

命たに物の數をハ思はねと待らむ親にこゝろひかるゝ

夢の内にまさしくみつるたらちねの其面影の立もはなれぬ

故郷の兄のもとなるいろ〳〵贈りものありける時

染いろの山よりたかし數いろのそのいろ數の今日の玉もの

慷慨歌集一　終

慷慨歌集二

元治三丑年閏五月國事之嫌疑ニ依而諸有志と共に幽囚ニ就ける時よめる

夜るの國氷の海のはてまても我日本をあふかぬそなき

神代より代々に傳へて浦安の左もうら安き國ハ此國

日本の眞かねの太刀のたち風ニなひかぬ國ハあらしとそ思ふ

神代より代々に傳へて大君の惠ハたかし大内のやま

祈るみよ神と君とを鏡にて世ハ私に移らされとは

みつのから討平きし古の雄々しき御代にかへれとそ思ふ

私に市をゆるしゝ禍臣の仕業の末そかくハ乱れき

私に市を許して世を乱たすさかしら臣の業のにくさよ

私に何けかすらん神代より代々に傳へし浦安の國
浦安の名には返さて何にこの夷にのみは世をけかすらむ
世の中のくもりと果はゑにけりあめに騒きし武さし野々原
唐の世に競へても歎くかな終に夷か國やみたすと
武士の命を惜む心程きたなき事はあらしとそ思ふ
にきる此こふしも碎け黒髪も乱れさかたつ世にこそ有けれ
神のます國の汚れとなるものをいかて夷を討たて止むへき
けかれともなるへきものを今こゝにそのかみ風の印あらはせ
學ふとてふみたかへたる導に世はよこしまと乱れてそゆく
歎きても猶天雲のかゝる世にいつまてかくてみを惜むらむ
久方の日影をさへもくもらせて世はさみたれの降なみたかな
末終に錦の御はたなひかすは治る世にはならしとそ思ふ
西國にます七卿を思ひ遣り奉りて

あるハ飛又ハかくれし星よとく元の雲井に歸れとそ思ふ
いかに世を心盡しと歎くらむ明暮雲の上を戀つヽ
淵ハ瀬にかはり行世の荒ましも今更深き歎なりけり
千早振いかなる神の荒ひよりかく世の中の乱れそめけん
臣として臣の道なきまかものヽ盡はつるまて吹や神風
鳥か鳴吾妻夷のそれをたに攘へとそ思ふ伊せの神風
知らぬ火の浦のなみ風立騒きまゆを燒まて世ハなりにけり
神の國神のするともいはしかし驕る夷を攘ひすてすは
弓とりの名さへすたれて武士の姿もいまは引かはりつヽ
足利のあしかりし世に競へてもかくまて末ハにこさヽりけり
幕府之因循攘夷せさるか故に天下の人心を失ひたるを歎きて
汚れたる世をハをしみて世に殘るあた名ハ(脱アルカ)思はさりけむ
神と君祖國民に背ても夷ハ討ぬ淺ましの世や

君か代をかゝみにかけてみにくきハ吾妻えみしか姿なりけり
人のする業とも見えすこと國にこひてへつらふ夷姿ハ
ややまて東男にことゝハん夷にこひてこゝろよきやと
おのれさへ夷姿となりにけり得うたぬ罪の重きのみかは
君親に心にいたく背きても夷ハ討ぬ淺ましの世や
思ひきや夢を喰てふけたものゝ仕業に御代の乱るへしとは
いかにせん夢を喰ふてふけたものゝ名を聞たにもけかれ行世を
中々に夢を喰てふけたものに虎狼ハ及はさりけり
歎きても猶余りあるうき世かないつまて國の名をけかすらむ
夢を喰けたものいてゝ位山清き高根をふみけかしけり
　天皇崩御の事を幽囚中ニ聞て
曇る世にともし打消玉ほこの道ふみまとふ今日にも有かな
君まさていかゝハすへきとても世にうたて止むへき夷ならしを

みことのりいてゝ歸らぬ諺も今更あたとなりぬへきかな
大君ハいつちますらん淺ましや醜の夷ハ討もはてなて
祈りけん加茂の御幸も今更にいたつらこととなりにけるかな
加茂ハはた君か御幸も今更にあたとなり行世にこそ有けれ
神ハいかに思すらんと欷歎かるゝ夷ハ討す乱れ行世を
夷討と誓し人のことの葉ハ神の笑となりぬへきかな
神代より代々の古ふみふみ見てもかゝる御耻ハあらしとそ思ふ
誓しゝ八幡の御幸いかならむ夷ハ討すなりにけるかな
御幸せし加茂の社のあふひ艸ふたはに物ハ別れてそゆく

天皇崩御の後思ふこゝろありて

晴よかしまた影ほそき夕月の光をかくす冬のうき雲

其後によめる

うたぬその名さへ汚れし唐衣洗ひすゝきもなき世之けり

幽囚中よめる歌

生て盡し死して報んことをのみ祈るこゝろハ神そ知るへき
夢ハ猶さめ鞘巻のつかの間も思ひきりうき世にもこそ有れ
なからへハ恥のみ多き世の中にいつまてかくて物思ふらむ
ある時ハ打て堪ぬるむな板になみたひまなきひとや悲しも
とらと見て立しハ物の數ならす巖も通す大和たましひ
譬へみハ露と消とも世になひく風の柳ハ何たのむへき
梅となり櫻となりてちりぬとも風の柳ハいかてたのまん
命をは物の數とも思はねと待らむ親にこゝろひかれつ
たとへみハ七代のおにとなりぬともいかて夷を討たて止むへき
世に出ハ此恨みをと思ふのみ吾か明暮のこゝろゑけり
年ふれハ頭も雪となりにけり我みにうきの積るのみかは
沈むともうくともいさや世の中のにこれる水ハ汲しとそ思ふ

今更にいかて動ん兼てより我ふり居しやまとたましひ

何故に世に有る人と人やみんかくも盡せと時の來さるを

世の中ハはてなきものよそのことに罪せられても猶歎きつゝ

つなかるゝ此みハうしと思ハねと待らん親に心ひかれつ

たらちねハかゝれとてしも荒繩のあらき風にもあてすそ有ける

なからへて物思ハんもくるしきにはやくなきみの命ともかな

我をまつ老の寐覺にたらちねや戀しかるらむ戀しき物を

故郷ハ忘るゝひまのあらねはや思ひ出へき言のはもなし

故郷による〳〵夢ハ通へともなみより外に音つれそなき

たかたくみ我故郷に掛つらん宵々ことの夢のうきはし

幽囚中（疫病をやみて）病にふしてよめる

やかて又つかみひしきて捨ぬへししはし病の身ハ犯すとも

はり詰し大和魂こりなしてみハなやむともいかて死ぬへき

幽囚中病にふしなから外やめる人の上なとみな予かみにかゝりて是を指揮するとて

みひとつに思ひをこめて歎くかなかくてふたつの道したらねハ

みひとつのうきもつらきも忘られて只なけかるゝ人のみの上

うきことハひにそふ折のとにかくに打歎かるゝ人のみの上

我うきにかへても深く歎くかなつらき囚の人のみの上

世と共にやみも添ゆく手枕に有明の月も洩なみたかな

會賊又ハ新選組といへる無頼の者ともの暴悪さしも勤王の有志をあたかたきの如くせる事をいかりて

此奴らかなるへき末のはても見ん死出の山道行もとりして

よとむともいかて此儘山川の水のこゝろを通さゝるへき

よとむともいかて此儘山川のやますて通す水の行する

故郷の母に正しくあふと夢にみしか此時にやみまかりにけん

夢の内に正敷みつるたらちねの其面影の立もはなれぬ

幽囚中思ふこゝろありて

すなほなる道をは捨てゝ何にこの横さまにのみふみまとふ覽
晴ぬへき氣色も分す悔しさのなみた時雨るゝ袖の上かな
ちるものと思ひ定し紅葉々ハ心に染めてをしまさりけり
國の爲と幾たひ思ひ返しても余りうきみの上そかなしき
ぬえ人の吾妻夷かつらみれハ腹たゝしくてはかみせられつ
立かへり又も此世に物そ思ふ越んとしたる死出の山道
ひとやの内さゆる枕の夜嵐にぬるまもいとゝなみたえけり
中々にうきもうからしつらからし是も操のひとつと思へは
忘れんとすれハいよ〳〵せきかねてなみたハいとゝ故郷の夢
囚にハ薄き氷もあらねともあやうき物ハ我みえけり
囚にて思ひ堪てもかなしきハうき年なみのよる瀬なりけり

悔しとて雪を喰し唐人を囚の軒に思ひ遣るかな
國の爲うきを忍田の葛かつらくるしきものハ我みえけり
これといふかことハなくてもる月に涙さしくむ人やかなしも
さらぬたに寒き囚のひとりねに霰ふる夜ハ夢そ砕くる
風騒き霰ふる夜もさむしろに衣かた敷くひとやかなしも
ひとやにて匂へる梅の香をかけハさすか浮世の春そ戀しき
ひとやより見渡す山ハ遠けれと心の駒の越ぬ日そなき
かゝるみの習と思ひ返しても余りさひしき夕しくれかな
紅葉々の雨にハあらて悔しさのなみたに染むハ心なりけり

人やの鬼ともか國事の嫌疑にて幽囚せるハ殊に悪み又ハ私の恨みによりて人を殺し又ハぬす人の物をとりかくし或ハぬす人共の居人やに入れ杯せしことの余りにはら立しくて

人よ人にくまハにくめ悪むとてこひへつらへる心ならぬに

人にこひ世にへつらひて何かせん只なり行にみをそまかする
鬼ともかすみ家にすみて歎くかな終にかれらか取や喰ふと
首なしの鬼のすみ家にすみなれて時しらなみの音を聞かな
かくはかりにこり行世を恨みても歸らぬ水によする白なみ
年月のうきを重ねてみかきつる我魂ハ動きたにせす
今ハはや我みをみとも思はねハ人を人とも思はさりけり

　八月十五夜よめる

人やにハ月の光りハさゝねとも今宵ハ分てもるなみたかな
もりかぬる月の光りに歎かれてなみたさしくむ人や之けり

　幽囚中筆ハわら又ハ竹衣にて製し黒の替りハ菜の汁をとりて書く然るを囚の鬼とも折々來りて書置たる物抔さかしとる事有實に幕の惡弊にくむへきの甚き之

言の葉ハ嵐にちりて神な月筆の林もしくれしにけり

ことのはのちり行さへもをしまれて涙と共にふるしくれかな
冬寒み我衣手にふるものハつらきひとやの日數なりけり
曇る世の習と思ひ返しても余りに長きひとやなりけり
獄中にさし入とて衣類紙或は食事抔外より入るゝ事有然るを人やの鬼ともぬすみとりて喰又ハふところに入る有既に吾衣類を外よりこゝろさして入れしも予ハ知らす出獄の後に聞ハ鬼共とれり扠罪有又ハぬすみせしとて獄に入れて久敷くるしめ置たにゑきなき罪つくりなるに其罪人の物を取りてこゝろよしとする鬼共か心いかにそやましてしき有志等を久敷苦しめ置のみならす我ものハ書類其外殘りなくとりぬ扠もろこしの宋の文天祥か友張千載といへるか衣類食事抔獄中に送れり此時元蒙古ノ金のえみしの獄吏ともとりかくせしやいかゝい
また其事ハ聞かす
さしいりし囚の窓の月の影さすかに雲ハぬすまさりけり

たま〳〵にひとやのまとの月の影さすかに雲もぬすまさりけり

ある人衣類を入れんといひていれさりけれハ

いかにせん人の心の薄衣夫さへ今ハたのみなき世を

後に聞衣類ハいれたれとも鬼ともかとれるゝ

小島何某か梅の枝を折りて獄中に入けるを

手打[折カ]こし人の情の梅か香にうきをり〳〵も春をしるかな

幽囚三とせに及ふと雖もいまたとくる氣色をしらす

一日たにみとせと思ふ人やにて三年の春も立かすみかな

久かたの月日もくもる心ちしてあな卯のとしの春のはしめや

年なみのよる瀬にみをは歎かれてうきに沈むハ此みえけり

天の原照日のもとのくもる世ハ春をもはると思はさりけり

春來れハ春の心になりにけり我みのうきハしはし忘れて

姉小路贈左中將公知朝臣橫死の時御太刀を持なから逃去りし金輪勇

か讒言によりて幕吏予を惡みて盜人とものゐる獄屋に遣しけるを村井修理少進政禮朝臣此事を歎きて元の會所といへるに歸さんと乞ハれけると聞て

白浪の中に此みハ沈めともこゝろハ雲の上にのみこそ
白波のよするいそ邊に棹さして人の情の深さをそしる
しらなみのよる瀬にみをはひたさねと人の情に袖そぬれける

幽囚中村井政禮の言ハれし瀧口の官明たる有こを予に申あたへんとの事度々言ハれし時

分のほる力ハなくて位山みねハくるしき物にそ有ける

囚の内に惡るたくみする物有晝ハひねもすいねて夜ハすからに惡き事抔さゝやくを聞て

片すみにひるハかくれてぬは玉の夜るハ耳つくふくろふの聲
君に背き國を賣てもあき人のあきたらぬ世となるそ悲しき

言ひ傳へかたり傳へん後の世の人のそしりも思ハさりけり
大内の山の嵐にかけ山の高き梢の枝折もやせむ
くもる世の夢のうきはし何かこの雲井にひとつ渡しそめけん
すみ添へし水の水上中々に末にこりゆく淺ましの世や
世の中のかゝみたるへき人の子のいかてみにくき姿なるらむ
君に背き親に似ぬ子の夷らかいかて誠の道を知るへき
かけ山の梢を見ても歎くかなながらましかハかゝらましやハ
君親にそむくのみかハその人ハ夷となりて世を乱すなり
人の上に虎狼ハ有るものを野山にのみと思ひけるかな
右一橋將軍景山公之御子として攘夷の達　敕其外不臣の事共多く其
上自ら洋服を著し外夷親睦を主張せられし事をにくみて斯ハよみし
之
ある時たわむれによめる

其昔傘屋の子をハ取かへて平右府と名をはけかせし
天の下に名をけかしたる醜臣もその古へハあした屋の子歟
下駄三歩刀か貳朱の武士も今ハ夷の一朱とそなる

尙幽四中の歌

思ひきやまたきに君かかへり世の御幸に袖をしほるへしとは
神代より代々の古ふみふみ見ても夷を拂ふ道ハ一すち
大空に恨の息の登るまてこゝろもえ立人家なりけり
世に恥る道しなけれハ中々にひとやハ清き住家之けり
夜もすから絶すも物を思ふかなこゝろはかりをねることにして
中々に我みのあたとなりにけり余りに國を思ひすこして
みの上に思ひくらへて歎くかな艸はの露のたのみなきよを
みの上に置ハなみたとなるものを只露とのみよそに見しかな
此はるハ人の情の梅か香もなく鶯の聲も聞えす

いつハとハ時ハ分かねと暮てゆく今としハ分て物そかなしき
夏の夜を短しとのみ覺ゆるハうき世の人のこゝろなりけり
人やにハ月日の影もさゝねとも赤きこゝろハいや增りけり
月花の御幸絶にし君か代に囚のうきハ數ならすして
卯年の夏村井政禮臣と日々題を出して歌よみ杯せし時姉小路贈左中
將公知朝臣の追悼にとて寄筆懷
御太刀たに手にふれさりし恨みさへ猶世に殘るふみの上かな
とる筆に昔のあとハとゝめても止めかたきハ淚なりけり
いかはかりあらんとすらむ太刀をたに手にふれさりし君か恨みハ
此時を思へはいとゝ淚せき髮さかたちてはかみせられつ
尙此時を思ひ出奉れハ我黑髮も逆立心ちそする此時御供に仕へ奉り
し金輪勇といへる者御太刀を持なから迯去りし故に主ハあえなく討
れ給ひしゝ此者をまのあたり見又此奴か仕業あまりにに〳〵しけ

れハよめる

御太刀持迯し此奴か仕業より君ハ五月の露と消にし

淺ましや太刀振かさし向ひてハ討もらすへき敵ならしを

おのれのみ迯けハにけても有へきに君か御太刀を持にけニして

つなかれて馬屋に耻ハ曝せとも耻し知らねハはちなかりけり

まてしはし御太刀を君にさゝけ置ておのれひとりよにけハにけなん

思ふそよ人のもちたる太刀をさへ取りて防きし君かたけさを

御太刀持にけて五月のやみ〳〵と君を討せし惡まし男

かくまても北なき男又もあらしこまもろこしを聞わたせとも

生なから此奴かにくハ喰ふとも猶あきたらぬ心ちこそせめ

此外ニ此奴か罪を數へても生て置へきものにハあらし

此者卯十二月七日終にきられたり

村井政禮朝臣か幽囚せる揚り屋と申に前ニ丹波のきぬ子といへる女

居れり此女の歌とて數ふれハ百八十日となりにけりいつまてつらき日をや送らむと書てありしニ政禮返しとハなくて　我もいさつらき月日を數へつヽ百八十日を詠めこしはや此女何事にて此所に居しや知らすと又其西隣の揚り屋に近衛殿之老女むら岡此人の歌五十余り
みつの驛の旅よりもしらすの上のこヽろ安さよとよみたりと又梁田（川カ）星嵓之妻紅蘭又中川宮の妾と共に三人居しと又女の間と言にハ筑前の平野次郎國臣彼銀山一擧後縛ニ就而此所に居れりと國臣か歌に
ちりつめる木のはかくれに落椎の有かなきかの此みえけり
とよみしを村井氏のよめる
世にハ又いつかハ出ん若栗の世にふくまれし（ふくまれたりし）此みえけり
とよまれしを信よしも又よめり
かヽるよにあふの浦なし恨みてもかひなきものハ此みなりけり
銀山一擧の人木村愛之介かよみてこしたる歌

莚ふりむしろの上にかゝりねしてかはかり歎く世にこそ有けれ
故郷に歸るにしきの袖ならてふるハむしろとなみた之けり

信よし返し

我もいさ莚の上にかゝりねしてよる〳〵ふるハなみたなりけり
蚊遣ふとむしろふる夜もふらぬ夜もつらき囚ハいこそねられね

こハ幽囚中莚を横につりて蚊を追んために打ふりて風を起し蚊を追ヽる之

寅卯年六月六日長州再度の和議不調して又攻んとしたる時大津の尾花澤の人川瀨太宰を切る此時長州を朝敵と知りなから彼國へ參り國事を談せし段全朝敵同樣と申事にて切りしか其朝奉行所へ行とて予か居し會所といへる所の表にて巣內君と大聲して呼し故に應々と答へしか早歸りにハ直に裏の方へつれ行しか斷頭の音とうと響しか終に此世の別れ之し辭世有別に印す又此人之妻も賊の爲に自害して死し

ぬ是も辭世有

君越へし死出の山道いかはかり誠なき世の悔しかりけむ

汲てしる人こそあらね尾花川々瀬の水の深きこゝろを

然るを明のとし六月六日村井氏と共に追悼ニよめる

尾花川々瀬もいとゝ水無月のいつか忘れん深き恨みを

夏艸の露を見るたに歎くかなあたに消にし靈の行衞を

幽囚中藤田東湖翁の正氣之歌をよめる中に

寺を燒佛を捨ていさめけん君そ誠のやまとたましひ

守屋の大連か心を

淺ましや佛を祭るこゝろより淸き神代の道そ消へゆく

法の道に人ハまとひて入る弓の弱くなりゆく淺ましの世や

こと國の佛のさまハなくもかな神よりつゝく大宮所

神さまに結ひかためしかた糸のいかてほとけし淺ましの世そ

神代より傳へて長きすめらきに佛の道ハ添ハすともかな

道鏡の下り

淺ましや佛の道にことよせて雲井をけかし世をそ乱たせる
淺ましや佛ハ人をまとハせて人ハ佛にまとふ世の中

和氣淸丸の條

大御代ハけかれさりけり神の告君か誠のこころよりして
あらたなる神の御告のなかりせハ世ハまかものゝ乱しもそする

發而者爲萬葉朶櫻之條

神業の深くあやしきたくみより我日本の花ハ咲らむ
うるハしき花を見るにも思ふかな我神業の深きたくみを

或ハ伴櫻井驛遺訓何懃々

やかて又花とちるへき櫻井のそのこのもとを思ひこそ遣れ
ちりぬとも又このもとに櫻井の花の別ハをしくや有けん

のひ立て天に貫く楠のそのこのもとを思ひ遣るかな

吉野山古き都の跡ハあれと其世の人のなきそ悲しき

猶そのこゝろを

天照らす神のこゝろのこりなして清く正しき國ハ此くに

天てらす神の心のこりなして（光りにむす）ハれて清く正しき日の大御國

雪とふり雲とそひえて天地に貫き通る不二の芝山

これや此神の御いつの世と共にこりかたまりてなれる不二の根

天地のなれるかきりをかきりにて廻る八しまの外の海はら

慶應三年卯十二月十二日夜一橋將軍浪花城へ落去倘此ゟ前大政返上

有同夜虎口の獄中を出て一生を得たり

世の中ハかくこそ有けれ時めきし艸ハみなから霜かれにけり

楠公の歌とて

天地に貫くはかり盡してし君か誠の道をしそ思ふ

源の何かしを恨みて

景山の深きこゝろをこゝろにて世に立のひる梢たになし
かけ山の梢ハいとゝ多かれとたのむかひなき世にこそ有けれ
ふる雪に松の梢ハ埋れて拂ふ嵐の音ハやみにき
中々に攘ふ嵐の音やみて吹枝折たる四方の民艸
人よ人いつまてかくてすこすらむ民の歎も思ひ遣らすて
國民の歎も思ひ遣らすしていつまて討ぬえみしなるらむ
消かへりしは〳〵物を思ふかなむねにたく火のもえもやますて
窓を打あられの音にねさめしてよその寒さを思ひやるかな
朝日さすかたより消て置霜のむらこに見ゆる見邊の下草
能も又あしきも神の御仕業と思ひ絶ても物そかなしき
きり〳〵す鳴夜さひしき手枕に有明の月も洩なみたかな
雨ならてみをうき雲に隔たれて汚せめたもとふるかひもなし

のかれすむ我山の井の水かゝみくもらぬ影を汲人そなき
埋れきの花さくはるも知らぬみハちるも心にかゝらさりけり
咲はなもちるへき時にちる故にいそくもつらしおくるゝもうし
名と義とのなき世なりせハいかはかり命ハをしき物にかも有らん
淺ましやことしもかくて暮にけりいつをかきりのうきみ成るらむ
何となくひとやの内もいそかれぬはるを待へきこゝろならねと

幽囚中村井政禮ぬしと共に日替りニ題を出してよむ

村井政禮あそみのよめる
ひとしもか千歳のためしひきかへて長きあやめのねをのみそなく
千代こめて引へきものをこゝハ又あやめのためしめにたにも見す
ほとゝきす又もや鳴と思ひ遣る程ハ雲井の夜はの一聲
ほとゝきすまたしのひねのひと聲をふた聲になす山彥もかな

村井政禮川瀨太宰をいたみて又のとしよめる

五月雨のそらハ晴てもはれ遣らぬ思ひやゝかて雨とふるらむ
ひとめくりうき年月をめくり來て川瀬の水にぬるゝ袖かな
家茂將軍無謀之軍を起して長州を討此時八万之臣下百萬の軍中壹人
死を以諫め止る人無は何事そや殊ニ浪花城中にて他界其祖先豊公の
大恩を荷ひなから其子孫を此城中ニ亡し其臣下其爲ニ亡ル者幾ばく
そ嗚呼故有るかな又一橋公此城中を守る事不能敗を取て天下を失ふ
ニ至る
なにハかたあしき印も有るものをなとみを盡し諫めさりけん
　樗をよめる
妹かきる薄紫の摺衣ころもたかへすあふち咲なり
花樗咲や梢の朝風に落ちるはかゝり鳴ほとゝきす
　井井政禮（村カ）
こかるとも我をくむねにくらふれハ螢ハ物を思ハさりけり

ぬは玉のやみ路を照らす螢をは天飛星の影かとそ見る

信よし橘をよむ

物思へは扠も昔の戀しきに匂ふ雨夜の軒のたちはな

ふる雨の雫もかをる心ちして花橘に風渡るなり

夏衣香取の浦の月影にみるめをよする沖津しらなみ

夕立のすきゆく跡に風そひて木の間を分る月の涼しさ

むら井まさあや

すゝしさハいふせきをやのかやり火の煙の末に晴るゝ月影

寐もやらて待ッ、出し月ハまた山のはなから夜そ明にける

信よし

すゝみすと人ハよりても見ゆるかないとゞ清水のわくにまかせて

夜るも猶人聲すゝ山かけやすゝみかてらに清水汲らし

夏深みあつさもいとゝ眞清水に足をひたしてすゝみとるかな

關いれし庭の清水を命にてあつさをしのく山かけの宿

むら井政禮

夕眞暮すゝみとりにと來て見れハ水草淸き里もこそあれ
夕浪の立や糺の水の邊ハ夏なき里と來ても知れかし
すゝみとる處ハあれと鴨川やみたらし川の水のほとりハ
夕されハ賤かふせやハいふせきによそめ凉しく蚊遣りたくこ
蚊遣りひのくゆるを時のいのちにて賤かふせやハ夜業をそする

信よし

蚊遣り火のけむりもやかて横雲に立かはりゆく短夜の空
夕顔の花しさかすハ蚊遣りたくいふせき宿に旅ねせましを
蚊遣りたく賤か軒はのたそかれにほの〳〵見ゆる夕顔の花
なつかしと見し夕顔の花ちりてみのはしたなくなりにけるかな

政禮朝臣

花のいろハ人めかしさに立よれハまゆひらけたる垣の夕顔
夕顔のほのめく花に露ちりてたそかれころの月もさしけり
かたひさしかくてたつきもなき宿に人まちけなる夕顔の花

信よし

晴渡る常盤の山の五月雨に猶ふり殘る松そ久しき
山川の烈敷音を名殘にて今朝より晴るゝ五月雨の空
五月の軒の雫を名殘にて木の間の風に朝日さすえ
五月雨の雲ハ跡なく晴にけり山下水に音を殘して

姉小路公知朝臣の追悼　むら井

いつかへりすきし昔のあとゝへハとる筆にさへ涙そはるれ
筆とれハまつそしるさむ君か名を今も傳へてよゝのかたみに

信よしも

中々になみたのたねハ生にけり筆の林ハはなもさかぬに

とる筆ニ昔のあとハとゝめてもとゝめかたきハなみたえけり
むら井まさあやあそみ
あちきなき世ハあちさゐの花のいろに思ひハかけしかはる物から
かくはかりかはり行世に紫陽の花のあらまし思ひ知られき
信よし
七かはり替りて見ゆる紫陽の花の姿やあはれ世の中
移りゆく世に競れハ紫陽の花ハ數にもいらしとそ思ふ
夕立の名殘涼しき槇の葉にやかてしくるゝせみの諸聲
むら井政禮朝臣
風通ふ香こそ高けれ花の名ハいはすともよし口なしのはな
口なしの花の振舞それそともいはねと知るき香に匂ふなり
信よし
菊といひ海松といふ名も有る物をたゝにならハしの口なしのはな

足引のいはねと知るしそれそこに白く咲るハ口なしのはな
きぬ〳〵の袖さへいまたかはかぬに涙なかけそ山ほとゝきす
別れてハ夢かとまとひ現かとたとるなみたに鳴ほとゝきす
撫子の花の盛りニなりしより露も心も置ぬ日そなき
咲はなの匂ひも今ハ夏衣その移り香に袖そすゝしき
今ハはや梅も櫻も夏衣花橘の香に匂ふらむ
うきふしハ猶なくもかな玉すたれかけて契りし人の心に
いよすたれ誰を戀ふとてうきふしにかけて待夜をあたになす覧
とちこめて柴の庵にのかれても夢ハ浮世をはなれさりけり
にこらしと思ひ入江にかくれても夢ハ浮世をはなれさりけり
折々ハうき世ニかへりみる夢のなこりハいつもなみたゝけり
古へにふみたかハしと書殘す跡こそ道の誠なりけれ
猶深くふみや尋ねん古のあとを眞ことの道筋にして

一重にも八重にも咲て口なしの花にとへともいはぬ之けり

それそこに咲るハ何の花そもとへともいはす口なしニして

大内の山の嵐もかをる之はなたちはなに夏きてしより

宮人の袖の匂ひとなりにけり花橘も軒のあやめも

ふみ見れハいよ〳〵遠くあふきみれハます〳〵たかし神の大道

旅人の命之けり玉ほこの行手の清水まつの下かせ

天の原ほから〳〵と照れる日に稲葉のなみのよしぬるそなき

稲の根のはりゆく見れハたのもしなこれも天照日の大御かけ

天の原かゝやきて出る日に消にし雲の行衛知らすも

玉すたれたれとハいはし巻あけて我まつ夜はの月の桂男

必と我まつ宵の山のはをかつら男ハ出て來にけり

風にはや騒きみたれて旅人の往來の岡の夕立のそら

夕立の雲吹おくる山かせに往來の岡ハひとつ家もなし

ひとつ家も荒野々小路いかにせん篠を束ねて降る夕立
夏の夜ハ明の玉垣そよ〳〵と吹風すゝし杜の下かけ
とり分てすゝしかりけり八幡山石根の清水みねの松風
海山を遠く隔てし故郷に夢のうきはしたか作りたる
大井川多くの人の渡るかな多くの人をかけはしにして
淺ましやいかなる神のくもらせてかくあらひゆく世とハ成るらん
遠くなり近くひらきて夕立の夕へすゝしきいかつちの音
ぬきすつるみのうす衣に涼しさも思ひ知らるゝそのゝ若竹
今よりハ嬉しきふしの夏となれまた巻葉なる庭の若竹
手すさひに植し軒はの竹の子ハ衣ぬくまても生立にけり
すなほなる心よりして竹の子の親に増るのふしハ生けん
あした咲夕に匂ふ面影をやつし添たる晝顏のはな
草も木も影なき夏の日盛りをさかりに匂ふ晝顏の花

奉る氷室の使今日ハ又うき世に出て夏を知るらん
氷室山茂る木の間ニ見る月の影さへ氷る心ちこそすれ
水の面に數かく筆の林かとみゆる蓮の花のいろ〳〵
水の面に數かく筆のなみたつハまた咲出ぬ蓮之けり
咲花ハ筆かと見えて薄黑の夕すゝしき池の蓮は
涼しさハ筆かと見えて紅に染て匂へる池のはちすは
朝風にさゝなみ清く露ちりて涼しく騷く池の蓮は
もりかぬる月の光りを恨みにて夏をそ知らぬ木かくれの里
折々ハ風の情に見る月も秋にとまとふ軒のまつかけ
天の戸ハまた宵なから明にけりたゝく水鷄や驚しけん
夏の夜ハ曉近くなりにけり寐よとのかねを聞とせしまに
雲と見し花の姿ハ立消て青葉になりぬみよし野々山
眞すら雄や打返してもなかむらん花の影そふ小田の苗代

池水に浪のあやをや立ぬらん八重山吹の花の下かけ
咋日今日鴈ハ歸れる故郷に軒のつはめハ尋ね來ニけり
をしと思ふはるに別れて夕からす歸るつはさニ花や散覽
咲花の噂もきかぬ（人やにて）おりの内にあはれ今としの春も暮にき
此はるハ花をも見んと祈りつることハむなしくなりにけるかな
返してもきたりけるかな夏衣別れしはるの夢ニ見ゆやと

村井政禮朝臣

さらハたゝますみニすみてすゝしくも月人男いまいてんとす
涼しさハ天の川なみ立かへりかへす／＼もすみ渡るかな
天地も響かさらめやいとたけきたけみかつちの神の御いつハ

木村愛介かよめる

今ハはやうき世の外に旅ねして死出路に茂く涙ふりぞふ
とよみてこしけるか早年ふるひて分りかたかりしか程なく死せし之

返し

菅の根の長き別れと聞からになみたもいとゝふり増りけり
我もいさうき世の中ニ旅ねしてともにふりそふ涙とそしれ

村井政禮朝臣

朝夕の露をそよそにゆつり置て照日の中ニ咲る花そも
ひる顔の花の心しつよけれハ露もこかけをたのまさりけり
夕立ハかゝみもり山晴なからぬれて悔しき野路の篠原
夕立の雨ハ粟津のすゑ晴て涼しく渡る瀬多の長橋
夕祓ひ神の心に請つらんみたらし川にすゝ風そふく
あたらをしかはり行世の有さまハ濱名の橋の跡に見えけり
つたかつら心も細き旅衣命をつるくかひの藤はし
もひとりの神の心やいかならん氷むろの御あえ絶て久しき
水な月のひむろの厚氷たえしらにみとしの印何にしらまし

風通ふ木かけの道ハ夏もあらしすゝみにきたる衣手のもり
松かけや木かけの風の通ひ路ハ夏とも知らす涼しかりけり
來て見れハ心のそこも清水の夏しら糸のかせの涼しき
すゝしさハ立舞ふへくも思ふかなつゝみの瀧のたきのひゝきに

慷慨歌集二終

巣内信善

慷慨歌集三

元治元甲子冬滋野井公壽朝臣ニ約して中國に使せん事を計りし時よめる

身を捨てゝ思ひ立ぬる旅なれハ死出の山路の奥もいとはし

君か爲思ひ立ぬる旅衣いかてこゝろのいさまさるへき

公壽朝臣御返し

君か爲思ひ立ぬる旅なれハやかて曇らぬ世に歸るへき

旅衣かへすく\も心せよ思はぬかたにあらしふくなり

思ふ旨ありて信善よみて奉る

誓すと小指押切ぬる血いろもかはらす墨も干なくに

公壽朝臣御返し

員ならぬみにはあれとも今更ニ誓しことのなとかはるへき

信よし又

花も又去るへき時にちるものと思ひ定しみこそ安かれ

公壽朝臣御返し

花も又ちるへき時にちるものをなからへし我みこそくやしき

高松左兵衛權佐實村朝臣らを頭に置て歌をよむへく候間ろを頭に置てよめと有ける時

實むら朝臣

埒の内にかけ追ふ駒の早業に手綱のあふち散かそと思ふ

ろもかちもとるとハなくて世の中にみをうき舟そ渡りかねたる

山科出雲守か禁中の橘の枝なりとて送られける時よめる

手折こし雲井の庭の橘ハ桂の枝の心ちこそすれ

今城中將殿　主上の御かさしニさゝせ給ふける藤の作りはななりと

て下し給ハりけれハ
天皇のかさしにさしゝ藤なみの深き惠をいたゝき奉る
すきし亥とし五月十九日滋野井侍従公壽朝臣と西四辻公業朝臣と攘
夷の事によりて大和國へ脱走此時條公の命を受て大和國より迎へ歸
りし後公業朝臣のよみて給ひたる
手束弓竹矢にのみハ思へとも世に數ならぬみをいかにせん
大和川今ハ思へは水沫の消とも我みかへらし物を
信よし
中々にうき名や立ん大和川かへらぬ水に沈みはてゝハ
公業朝臣又
行なみの立かへらすハ大和川なかれてはやき名をや流さむ
歎くそよをしからめしと思ほへし其いにしへを今に歸して
高松大夫公村朝臣九才の御時歌よませ給樣にと頻りにすゝめけるに

よみ給ひたる歌

とこの間に椿庭床琴ひけハひはとふたつか有にけるかな

庭の面にとまる鶯めつらしや今朝なく聲の長閑えけり

文久三亥年十月六日西四辻公業朝臣とともにしくれの歌よみけり

朝臣の御歌

紅葉せし梢の秋の跡絶て松に殘れる木枯のかせ

心せよ梢はかりといふ程も中々そてにふく嵐かな

信よし

秋暮て今朝は葉守の神な月時雨をよそにふるもみちかな

淋しさを我すむ軒に音つれてめくる外山の夕しくれかな

車中落葉公業朝臣

木からしに向ふ車の打出も袖もにしきの下た重ねせる

村しくれめくる車の下すたれすそこも分すふるもみちかな

又戀の歌とて同

うき人よ心にいつか住の江の岸根の草のたねハまきけむ

戀しなむ心をたにもいかにしてつれなき人におもひ知らせん

信よし

手車の中にちりそふ紅葉葉や小折にたゝむにしきなるらむ

小車のわれとハなくて紅葉ちる嵐の山に牛や向けまし

小車の物見の小すの夕風にちりこそ積れ山のもみち葉

紅葉葉のちりしく秋の夕暮や物見車の處せきまて

公業朝臣

誰もみな世をは祈るか男山今朝ふる雪に跡しけくして

榊はに立舞ふ袖のかけまくも雪よりしらむ加茂の神垣

尋來てうきをのかるゝかくれ家にかくれぬものハ窓のともし火

まかふへきいろとも見えす中々に霜にうつらふ白菊のはな

信よし

雪降ハみな白妙となりにけり黒木の鳥居あけの玉垣
降雪に誰かハ何を祈るらむ鈴の音寒き加茂の御社
かゝけても消ぬはかりを命にて世にかくれ家の窓のともし火
としへぬるかひこそなけれふみ見ても猶世にくらき窓のともし火
よの中を有か無かに明暮てかけ猶薄しまとのともしひ

ある時公業朝臣によみて奉りたる

君となり臣となりぬることの音ハ松の嵐や吹あはせけむ

朝臣御返し

松風のしるへしなくハ我ことの音に通ふへき聲やなからむ

山科雲州より借用出雲風土記の中後鳥羽天皇隱岐國へ遷幸の時三保崎にて修明門院へ御書參らせ給ふける時の御歌にしるらめやうき三保崎のはま千鳥なく〳〵しほる袖のけしきをと被遊ける事を思ひ遣

り奉れハ我黒髪もさかたつはかりと富永芳久書し其奥に芳久そのか
みのうき三保さきのはまち鳥あとしのふにも袖ハぬれけりとよみし
を見て信よし
うき雲のかゝる昔を思ふにも我かみハ猶さかたちて（ありノ二字脱カ）
公業朝臣
ちりうかふ紅葉をかつく鳰鳥の浮寐の床や錦しくらん
むさゝひの傳ふかはりをみとりにて猶雪重る峯の松枝
堪て聞軒はの風の音もせす中々さひし松のしら雪
忍草末葉の露を命にていたつらにのみ袖そぬれぬる
うきなから朽やはてなむ浪花かた茂き蘆間の海士の釣舟
しろしめす我天皇の四つの海八しまの浦の浪も靜かに
此殿に狸とあた名せる老女ありけり
信よしよむ

世の中ハおかしきものよ兎もすれハ宿のたぬきにくすへられ筒
月にうつたぬかつ丶みもさ丶竹の露の情に乱れ初けん

又よむ

古へを忍ふの露ハさもあらめ世さへ乱る丶秋の初風
秋風の吹初しより古へを忍ふの露ハ猶みたれつ丶
古へハ猶しのはれて物そ思ふ老のねさめの秋の初風
水鳥の遊ふ入江のみなれ棹なれてハ鳥の羽た丶きもせす

鴨の社家五位藤木監物か深く交らんことを頼み來りける時よみて遣しける

音に聞別いかつちの宮人と友になりぬることそ嬉しき
明暮にあふひの艸の千代かけてかはらめ（ぬカ）いろの契りともかな

夕立

鏡山くもれハやかて夕立の雨になりゆくいかつちの音

立よりて見るまもいさやかゝみ山くもれハ晴るゝ雨の夕暮

後鳥羽天皇の宮の北面小泉筑後守か年賀ニ

年を經て三つ子に歸る幼名を又こん千代の初とハみよ

亥年冬新嘗祭有りけるに水戸の大越伊豫介宮田齋宮芳賀愛之介増子

幸藏大淵堀戸直人等と共に拜し奉りて

尊とさの余りを見せて氷るらし雲井の霜に落るなみたは

庭火たく雲井の霜の夜神樂を只打とけて神や聞らん

武士の矢竹心もいかならん夜半の御幸の御神樂のこゑ

寒けさはいとゝ眞砂の露の上に雲井の月を詠めたるかな

尊とさに落て氷れる白玉ハ御幸かしこきなみた也けり

衞士かたく光りにやかて消ぬへし橋の上に霜ハ置とも

寒けさはいとゝ眞砂の露の上に恐れかしこみ御幸をそ待

宮人の袖さむからし著衣それとも分す雪ハ降つゝ

人とはゝ何とこたへむ久かたの雲井にすめる糸竹の聲
嬉しさに恐れかしこむ霜の上に落るハ何のなみた成るらん
雪ふれハ木毎に花も咲ものをはるにとのみも思ひけるかな
四辻家にてよめる
木かくれて世に住の江のまつしきに老の浪さへより増りけり
としなみハ立騒けとも飛鳥川ふちにも瀬にもならぬえけり
飛鳥川流てはやき年なみハ淵にもならすえにけるかな
去年も此御とのに有りて迎へつる春ハめくりて又も來にけり
松と竹との歌よめと有けるに
天を覆ひ地に根させる高砂の松ハ誰か世に子日しつらむ
すみよしの松ハ老木となりにけり宿る嵐も幾世へぬらむ
老の名を松に譲りて茂るらむまた巻はなる庭の若竹
ある時なゐのゆりけれハよみて奉る

天地ハかくまても世に動けとも人のこゝろハ震ハさりけり
左なきたに人の心の動く世に天地まてハ震ハすもかな

慶應四辰年正月元日よめる

幾たひも死なんとしつる命さへ長かれと思ふ御代のはるかな

同年正月六日建言之事有りて參與之役所ニ出て夕方滋野家ニ參る然るに此日公壽朝臣をすゝめて江州にて一擧を成んといふもの有朝臣之に應す依而此談有予此事に應する意なしと雖又義を見て爲せ〔さカ〕るも如何又公壽朝臣とハ同盟の約有只此朝臣と生死を共にせんとて其儘御供して一乘寺村にて人々を待合せ夜に入て叡山を越へて夜半頃江州阿野ニ著し居たる處へ大原俊實朝臣も兵士を卒〔率カ〕て同所ニ來り給ひぬこハ當正月三日夜ゟ淀伏見の軍起りて官軍大ニ勝利一橋將軍浪花城に籠城其外二十賊と唱へ候諸藩有依而江濃伊勢志摩之間ニ兵を向んとなり江州守山にて共に兵を合し一先松尾山に屯集此前湖水を渡

る時大風大浪強かりけれハよめる
闞かはま舟出をすれハ白馬の走るか如く浪さかたつも
瀬多にて
せたの橋ふみ轟し我ゆけハ皇みさたに春風そふく
江州松尾山屯集の時雪のいたくふりけれハよめる
軍人屯し居れハ松尾山山風寒く雪ハ降りつゝ
吹おろす大内山のはる風に崩れて落る松の沫雪
武士の朝な夕なに吹ほらもかひある世とハなりにけるかな
三千歳の昔の春を松尾山まつにかひある色ハ見えけり
浪花の軍追々幕兵敗走すと聞て
神に背き君に弓ひくあた人のいかて歟物の末をとくへき
末とくるためしもなきに人ハなと神と君とに背きはつらん
松尾山より伊勢路をさして兵を出すとき

都にて遠く詠めし山を又あとになしてもすゑそはるけき

道にて滋野井公壽朝臣

弓矢とるみにハあらねと元末を思ふ心ハ引もかへさし

信よし返し

ひきかへす心ならすは梓弓只押强く思ひいれ君

其後京ニ歸りて黒谷に屯集

黒谷の名にこそたてれ此頃ハ赤きこゝろの人のみそすむ

慶應四年辰六月廿二日奥羽北越の賊徒蜂起に依而兵部卿純仁親王摠督として北國に下向其時御親兵百三十一人を卒(率カ)て後軍を守りて同時出兵此日禁中紫震(ママ)殿の大庭ニ被召而かしこくも天顔を拜し奉り幷ニ禁中にて宮を始奉り兵士一等へ酒肴を被爲下夫ゟ川東の錬兵場ニ於而祝炮といへる事有て夫ゟ三條を東ニ進ミ大津にて宿陣之

天顔拝し奉る時よめる

うきにこそ扠しもあらめ嬉しさの涙ハ何をとり違ふ覧

かしこさに落るなみたハ何故と問ハんとすれハ猶こほれ筒

久方の月日の御はたなひかせてますら猛雄に御酒給ふ之

天皇の御ことかしこみ烏かなく吾妻えみしを討てし止ん

さゝらかた錦の御旗袖印大御軍ハ是そたふとき

鳥か鳴東夷を討んとて出たつ今朝の心嬉しも

大君の厚き恵にくらふれハ夏の日かけハ物としもなし

雲の上に月日のみはたなひくよにいかて夷のほろひさるへき

夜は大津に宿陣有るに友とちのもとへ申事有りて遣したる書の奥に

書つく

今日のみと思ひなはてそ別ても又あふ坂の山も有りけり

廿三日卯刻大津の驛をたゝせ給ふける時勢多にてよみ侍りし

うち續く御軍人に競れハ短かき物よ瀬多の長はし
粟津の松平（原カ）朝風涼しく吹渡りて木のまに錦の御はたきらめき月日の
光りまはゆく見えて兵士の打つゝきたるけに　王の御軍かくありて
こそと思ひ侍りし
朝またき思ハぬかたに出る日の影ハ御はたの光なりけり
今日も又君か爲にと盡すかな數へらるへきみにハあらねと
同廿四日守山の驛を立せ給ふ
兵ハ勇まさらめや久かさの月日のみはたなひく朝風
行程に鏡の山有鏡の宿此驛今ハ絕てなし
かゝみ山曇らぬ代とや久かたの月日のみはた空にかゝやく
三上山向ふニ見ゆ野路篠原を行ける時
近江路やしの原の里みかみ山山風たかし越知の川なみ
往々て廿七日にハ越前國つる賀のみなとに著陣あらせ給ふける同廿

八日水戸の義士武田伊賀守等の墳墓ニ詣て給ふ然るにはや四とせはかりのむかしとなりて艸木生茂りてひとつの山となれりこゝにハ武田父子を埋めかしこにハたれをかれをとて案内のものゝ山を廻りて教るを聞になみたとゝめかたし凡四百人はかりも埋めし處なれハさなから山の如し前つかたよしや君こち吹風ハ荒くともいかて返しのなくてやむへきとよみしハ今とし思ひよらす此處に來りて目の前に此塚を見てそゝろに昔を思ひ出て又此人々にあふ心ちそする

こち風の返しハ吹ぬ今ハ世に恨みなかけそ水のしらなみ

今ハ此世にはゝかりもなき人の跡忍ふにも袖ハぬれけり

無き人のあと歟とみれハこれそよに誠をつめる山にそ有ける

久かたの天に貫きたかきかな誠をつみしやまとたましひ

同國氣比宮によみて奉りける

天地に誓をたてゝ君か爲盡す心ハ神そ知るへき

此所より海陸ふた手に別れて越後口より出羽奥州のかたへ押寄すへきとて軍艦の來るをまつ其間日々今はまの松原といへるにて錬兵有

舟をのみたのみつるかの浦みてもまつより外のことなかりけり

今朝ハはやつるかの浦にひくあみの目にこそ分かね秋風そふく

舟もよふ〳〵廻りけれハふ月六日の夕加賀の豊島かたといへる舟に軍曹五人五番徴兵八十二人御親兵百卅一人のれり又富久丸といへるにハ宮の御方をはしめ奉り壬生との以下兵士凡貳百人計りなるへし住吉丸といへるにハ輜重器械方をはしめ人ハ少くして荷物のみ多くつみたり折しも雨いみしふ降りていとも〳〵もわひしかりし然るに七日の明かた宮の御舟沖のかたに出れハつゝきて我豊島かたも出しぬれハ跡のふねも出して四五里はかり行程ハ風もさまて吹さりしかみなとの口を出る程よりそ追手能く吹出その涼しさいはんかたなし漸く夜るになりて七日の月清く明らかにしてまん〳〵たる海上いさ

りする海・（士脱カ）のたく火處せきまてみえてその數を分す海の面ハさなから
市をなしたる心ちそする

越の海さはつる海士のいさり火に市をみせたる秋の初かせ

行程に越前の御さきといへるも遠くなりゆけハ加賀能登越中の國々
もはあか（ろカ）になりて山のかたちうす〳〵として見ゆめりこハ舟のむき
かたによりての事なるへし八日朝かたに至りて又能登の御さきはる
かに見ゆよふ〳〵午の刻後に至りて能登のはな近くなりぬ又佐渡の
國もはるかにうす〳〵として見ゆ然るに滋野井侍從公壽朝臣北國の
鎭臺としてくたらせ給ふへきこと定りゐ侍れといまた北越平定にな
らさるか故に都にとゝまらせ給ふ之此朝臣の御ともして佐渡に下る
へかりしを此たひ御親兵を預りて御先へ下り侍るに付ても此あそみ
いかに待久に御坐すらんとはるかに押はかり參らせてそゝろに袖も
ぬれ侍りぬこハ滋野井殿とハ深く盟約せし廉ことに江州ニ兵を起し

てより今日御親兵となりて此國へ下るも此朝臣の厚く物し給ひし兵士なるか故に此君に先立て下りける事を深く思ふか故之
（滋野家佐渡鎮臺之命有長府之兵貳百人隨從之御沙汰有隊長ハ島山鳥山ノ兩人之しかし北越平定ならす依而是も越後へ出兵然るを滋野井家東京へ召ス其後ニ甲府之城主兼知府之命有依而彼國ニ下向有り）
猶柏崎滯陣中御親兵ひと手にして
佐渡國を平定せん事を越後の有志輩とはかりしかとも折から軍勢少く船も又折からなくしてやみぬ殊に我兵士滋野井家の厚き恩ニなりなから此事に不應して止みたりたとひ本營よりゆるゝなくとも此事を公然申出たらましかハ公壽朝臣の名義も可立にと思ひていと口をしかりし

佐渡の國みるにもぬるゝたもとかな何故君ハ來まささりけん
さとの國みれハなつかし命あらハ君諸ともに來ても見ましを

とり分て今としハみにも染ぬへし越後の沖の秋のはつ風

九日巳刻過よりして佐渡國弓手のかたニ見ゆ昨日ゟ今日ハとり分山のことき浪立て風ハます〱荒く吹て島も山も見えぬ程になりし兵士等そこ爰にたふれふしまろひあひていとも〱くるしけなりしかゝる時に外より舟をよせ襲ひ來らハいかゝして防くへきや我皇國海岸ニゐなから海の軍をねる事におこたりて此法なきか故之

物足は舟もなみたとゝまらす荒き越路の沖の浪風

夜ハ九日の月清く海の上を照らしあたかも玉を洗ふか如く鏡をなかすか如し風ハ荒き浪の上を吹てまのあたり見るへき島も山もなし漸く夜の更るに及ひて越後の沖にいたる朝かたになりて今町のみなと目の先に見ゆれとも風の悪き故にや或ハ遠く又ハ近く見ゆるのみして舟のつくことをしらすよふ〱夕かたに至りて今町近くつきぬ故にいかりをおろして小舟を遣りて迎の舟を呼兵士ら殘りなく向ひの岸

にあけ夫より今町のみなとに著しぬ扨昨日一昨日越後の沖ニ而大風大浪にゆられて先へ出し宮の本舟も跡の舟も見えすなりけれハよめる

越の海荒き浪風こゝろせよ宮の御舟の行衞きくまて

舟より上りて聞ハ宮の御舟ハ昨日なん此みなとへ著夫ゟ直ニ高田の城下に進軍のよし跡の舟はいまた見えす扨此處に井田年之介とて有當夏京ニ登りて越後事情を建言此時此人に不逢同志高橋竹之介變名芳賀喜之七ニ面會尙北越之同志三人共滋野殿に面會可致約定の所北越敎導の命有りて否哉出立ニ付京ニ而面會せす依而今日此人を問ふ長岡口へ出兵之よし故に書を殘し置く

はるゝゝと今宵越し路の秋の月都ハいかに故鄕ハなそ

同十日高田ニ著陣我宿の庭に萩の花の咲たるを手折りて

手折つる萩のにしきは故鄕にきて歸らんと思ふはかりそ

七月十四日高田進發黑井にて小休み片町にて御晝柿崎ニ而宿陣十五日鉢崎御晝米山峠小休柏崎御滯陣

此邊の道多くハ海邊風荒きによりて諸木かたふきなひきてよのつねの氣色に事かはり沖邊はるかに佐渡國薄く見え又こくも見えて或ハ遠く又ハちかく見ゆ是ハ晴雨の時によりてかくなん道は眞砂路ニして歩行いとくるし故に浪打際抔と行ハ砂かたまりてよし然ハあれと折々浪打掛りて袖裾抔ぬらせりいと興ある事にこそ扨米山峠と言へるハさしも名高き山なから高くハあらす幾たひとなくのほり又下りていと物うし然ハあれと砂道の深くふみこめハ足のあと深く入りて三足ゆけハひと足ハ跡へ戻る歟と思ハるゝ心ちそするよりハましならめ折々ハはま邊に出又山にのほりていとも〳〵物うし去れとも風景ハいとも〳〵よろしひたりハ海にして磯打なみ巖をあらひ山手ハまた他にことにしてよし同しくハ積雪の折ならましかハと思ハる扨

音に聞鯨波の浦民家多く賊の爲に燒れしと實ニ賊の仕業實に可惡の甚敷といふへし漸ふやく夕方に至りて柏崎のみなとニ著陣同廿一日出雲崎へ出兵同廿三日久田之細木山といへる所有此山高くそひえたるみねに臺場を築き此所に薩州の兵と長州之兵と兩隊ニ而固む又此山之下濱道の上ニ加州之兵の守れる陣所是も臺場を築きて往來をふさきたり此二ケ所と外に山の横手に小臺場有此三所を請取て是を守る事廿三日より此所にて日夜炮戰ひまなし

物思へは野山に近く鳴むしも只世を歎く聲かとそきく

故郷も今宵ハいかにとはかりのなみた更行ありあけの月

軍人いくさしをれハ虫のねニ露の玉ちる夜はの秋風

細木山に軍しつゝも我居れハむしの音寒く小夜更ニけり

はたすゝきなひく秋野野夕風に貫きとめぬ玉もこそちれ

軍人いくさする日もせさる日もむしの音聞ハともに鳴れて

曉の老の寢覺もなかりけりたゝ夜もすから軍のみして

越の海あなすさましの浪の音よ沖津鹽風いかに吹らむ

更行ハ鳴むしの聲浪の音こゝろ細木の山のあき風

　去程に七月廿三日より細木山のいたゝきに臺場を築きて日夜爭戰終に八月朔日大雨中進擊賊兵之臺場を打崩し山田村に進軍分捕數多く夫ゟ追々に進みて八月三日彌彥之宿に著し暫時休息夫ゟ直ニ吉田村ニ進む

　彌彥明神詣てゝ

いや彥の山の神風吹やふけ背く夷ら盡はつるまて

夫より吉田村　三條　新潟　亀田　新津　水原　五泉　笹岡　出湯五頭山の固メを經て新發田之城下ニ至る或時思ふこゝろありて

折々ハ昔にかへりみる夢の名殘はかなきふる鄕のそら

長谷川鐵之進ハ越後粟生津と言る所之產にして久敷長州ニ有りて隊

之長たり長兵京洛外に來る時は使番を勤めて淀氷山之應接方たり當
夏國の大變を聞て歸る時京にて送別せり其時集會之人對州之多田莊
藏筑之藤四郎竹村多勢子池村久兵衞各詩歌有　此時予よめる
世を深く思ひ越し路のかへる山かへるかひあれ　天皇のため
池村久兵衞の家來清介といへる者よめる
たゝさへも長谷川のはけしきに時ハ五月雨まして御軍
長谷川正傑同高田の室幸次郎等我陣中ニ居れり右長谷川か舊里の庭
に松有此歌をと有りけるに
老の名を松に讓りて枝ハみな杖つくまても君そ見るへき
さしそはる松のみとりは春毎に千代を數ふる小指とそ見る
新發田宿陣の時長州の吉田壽兵衞かふくさの繪に松有櫻も有るに歌
をと乞けれハ
琴の音にみねの松風通ふ夜ハ岩こす浪とたかく立らし

嬉しさをかすみの袖につゝませて風のふくさに花そほゝゑむ
　越後の草莽方義隊を居士隊と號す本營より被下候名之出羽庄内へ出
　兵之時よみて遣したる
進みてハ死ぬる習を同しくハ勝軍してかへれ増荒雄
　隊中より返し
君か誠いたゝき持て我友ハかへりみせしと彌たけひけり
　五頭山を五月雨山といふ也彼兵士等故なきに自ら沸騰して其魁たる
　者二人首を斬られたり
武士の道のぬかりとなるものハ五月雨山の亂れなりけり
　八月朔日大雨中大ニ進撃して賊の臺場を焼謚し山田村に進み夫ゟ加
　賀高田の兵とともに進み夫ゟ奥ハ與板長岡のかたも同時に進み諸道
　一時に道開彌彦に兵を會して是ゟ古田三條に進む舟手は新潟松か崎
　ゟ進み新發田村松五泉の諸〔方脱カ〕ゟ津川口ニせめよせたり

うき雲を攘ひ盡して見る月の影ハ御はたの光りなりけり
ちまたにも世〻しと歌ひ見る月の影ハ御はたの光ならすや
天皇の御はたの光り影そひて今宵ハ月のくまたにもなし
天地の及ふかきりを照ものハ君か月日の御はたなりけり
賊徒平定の歡とて栗を送りし人有その人によみて遣しける
治まれる世をみつ栗のいかはかり嬉しからんと世を祝ひつゝ
八月十六日雨ふりけれハ
十六夜の月の光りは雨なからみには曇りもなきよ也けり
五頭山にてよめる
國の爲死ぬるハもとに歸るさに錦ハ山のもみちをやせん
山科能登介か明らけき月の桂に置露のかゝりける世をまつむしの聲
とよみてこしけるに返し
かゝりけるよをまつむしの鳴音さへ我みの上に思ひとられて

思ふこゝろありて
玉くしけ二見の浦のうつせ貝移せハうつる袖の月影
國のため盡しゝことも今更にあたとなりゆく世にも有かな
是も又我あやまちとなりやせん余りに國を思ひすこして
今ハはや我みの上も我ならす死ぬも生るもかみのまに〳〵
死ぬとのみ思ひ定めつ國の爲盡しゝかひもなみたのみして
君か爲死なんと思ふ心より耻をハしのふことも有りけり

奥羽北越の賊徒平定の後越後國新發田に宿陣して月を見てよめる
久かたの月日のみはたかゝやきて今宵やことに照増るらし
宿の主なるもの（治まれる世を」）待宵のかひありてかく明らけき月を見るかな

九月九日の夜北越の諸有志と集會して
吹螺もかひある世とハなりにけり今宵の月の光りのみかは
見んと思ふ今宵のそらは曇れとも有けるものをこゝに盃

汲やくめ菊の盃汲やくめ明日の命もたのまれぬよに

越後居之隊の人々庄内口出兵之別れにとて五十公野といへる處の山に紅葉を見て

朝日かけかゝやくみねの紅葉葉ハ君かみはたの心ちこそすれ

菊紅葉重ねて匂ふ長月の桂の枝に花や咲らむ

五十公野野松原越しに見渡せハ夕日かゝやくいや彥の山

硯と筆とを人の惠みけれハ

もしほ艸かき盡すとも盡されし硯の海の深きこゝろハ

桐の葉の落ちりたるを

日かけにと夏ハたのめし桐のはも有るかなきかに秋風そふく

思ふ旨ありて

生て盡し死して報んことをのみ祈るこゝろは神そしるへき

越後の國くまの松原といへるにて

咲花につらき嵐よ澄月のくま打攘へくまの松原

新潟ニ招魂場を作りて戰士死の靈を祭る此所へ惣督の宮參らせ給ひける時御供にさむらひて

武士ハかくまてもみをつくし櫛さしくむ物ハなみたゝけり

浦山しかくこそあらめあらすともけかさぬ程の名をハとゝめん

雪の歌よみたる中に

風荒き越の白雪ふみ分て通ふ心もたゝ君のため

國の爲思ふ心に競へ見ん積る越し路の雪のやまみち

いかにせん庭のはつ雪ふむもうしふまぬもをしゝ庭の初雪

さらぬたに積る思ひと有るものをいたくなふりそ庭のしら雪

今朝見れも雲も下行いや彥の山の高根に積るしら雪（はカ）

歸陣のとき米山峠を越る時雪いたくふりけれはよめる

豐年の印を見せて米山ハしらけになりぬ雪のあげほの

冬深しちりそふ雪を花と見て袖ふりゆくも面白きかな
關山を越るとて
降雪にいとゝ心を關山のせくとハすれと積む日數かな
雪に日を積重ねても越るかないとゝ心の關の山みち
愚息信賢御親兵となりて會津八十里越の方へ向ふときよみ遣しける
かへりみて親な思ひそ君か爲死ぬる習の武士の道
信濃の國にて
曇る日ハそれとも分す信の路や戸かくし山ハいつれなるらむ
いつな山いつれなるらむ戸かくしかくれて分す雨くもりして
雪霜のうきをしのきて信の路や氷を渡る旅もするかな
五百重山八重の鹽路を隔て來て思へは遠く故郷の空
信濃國諏訪の町はなれの田の中に故相樂総藏本名を小島総藏と言始
江戸薩邸にて幕城を燒討せんと計りしか其後江州一擧大原殿の手に

加り滋野井殿兩朝臣の建言を持て金輪五郎と共に京ニ登り則返事を取ニ歸りし後征討使の手に附先鋒を蒙りしか一時の失策に依而罪を得て此所にて死を賜ふあとなりと聞て

君ひとりうきにハあひぬ國のため同しこゝろに盡しゝ物を

諏訪の海深き心をこゝろにて盡しゝかひも涙之けり

よしや君しはしうき名ハ立ぬとも盡すこゝろハ人もこそしれ

諏訪の湖氷りとなりて碎ても厚きこゝろハ人そ汲ける

歸陣の道ニよめる

軍人いくさに勝て歸るさの日數も雪も積るなりけり

三越路の雪に日數を積添て寒いやます木曾の谷かけ

降雪に寒ハいとゝまさるなく（りカ）木曾の山路の谷かけそよき

赤坂たる井の間に源義朝義平の古墳あり

過しこし昔のあとをかへり見てふりそふ物ハなみたなりけり

近江路にかゝりて

なからへてかゝりける世にあふみ路や老曽の杜ハ神さひニけり

晴渡るかゝみの山を詠めてもくもりなき世の程ハ知られつ

曇りなき鏡の山も雪ふれハ面かはりせり老やしつらん

大津につきける夜雨のふりけれハ

月をへて都に帰る旅衣けふのみ雨のふりな添へそよ

月をへて都に帰る嬉しさのあまりにもふる雨の音かな

都に帰りて後よめる

夏衣立出し時に思ひきや生てふたゝひ帰るへしとハ

夏衣けふをかきりと立しかと又あふ坂を雪に越けり

あふ坂の山路ハ越へぬ夏衣今日をかきりと思ひ立しか

千歳の秋といへる菓子を人の恵みけるを宿の子らにとらせけるを其

親よろこひて　恵まれて子らと千歳の秋やへんとよみて出しけれハ

取あへす

山路の奥の菊の下水

細木山戰爭の時月を見てよめる

前ニ有
故鄕を今宵ハいかにとはかりの涙にふくる有明の月

あるとき兵士のもとによみて遣しける

兵ハねるより外のことそなき世に起ぬへき時し來ぬれハ

慷慨歌集三終

巢內信善

慷慨歌集四

明治二巳年三月五日　軍務官より

此度

天皇東京へ御再幸被爲在候付而は軍曹之者御召連ニ相成候旨今日陸軍

將より

御沙汰ニ付此段申入候也尙御當日ニ者無之日限者いまた相分不申候

追而可申入候

巣内式部殿　　軍務官

然る處三月十三日軍務官ニ而御達

來十六日伏水兵隊取締東海道可行也と之處又替りて來る十五日浪花

ゟ舟にて相廻り可申樣達し有同日兵部卿宮烏丸宰相中將殿以下

軍曹十一人其外二條条監察巳上兵士等之同日夜浪花ニ著し同十七日
大坂知府事西四辻公業朝臣ニ謁しいろ〳〵御物語り一酌有餞別いろ
〳〵有賜之杈朝臣の仰られ候は本年九月九日東京にて
主上の　御前にて御酒給ひたる折しも奥羽北越平定の報知有りけれ
はよみて奉りたると被仰し御歌
萬代を祝ひて汲んみちの國ことむけしよと菊のさかつき
同廿日宮と鳥丸とのハ蒸氣舟にて先へ出舟軍曹已下御親兵ハ帆舞舟
にて出舟廿一日朝に至りて淡路の沖に至るニはや風なきて我四國の
島もうす〳〵として見ゆ夫〻紀の海に至る和歌の浦高師濱吹上紀の
若山の城もはるかの向ふに見ゆる而已夕暮に至り大崎の湊といへる
も此向ふ之と松原打續きて山々の梢霞の中に立幷ひ風景ことさら之
此沖にて夜ハいかりをおろして舟をとゝむ夜更て月も出たれとおほ
ろ夜うす〳〵として何れとも分かたし廿二日ハ日よりよく風も程能

吹て紀の路を見晴しはるかに四國しま見え渡りて舟ハ行程もなし漸く七八里はかり行しと聞しに俄に風惡くなりて雨風頻りにつよくなりてさなきたに舟の中騷かしくいとまなき折から淺き處にのりあけていかんとも仕かたし漸く助舟來りて深き處にこき出しぬ折しも雨風浪さかまきてその騷かしさいはんかたなしよりてハ兵士等是ゟ上陸の論大に起りていとも〳〵もかしましかりし扨よふ〳〵夕かたにいたりて大崎のみなとに舟をは止めぬ風ハます〳〵向ふ風つよくいつやむへしとも思ハさりし夫ゟみなとに上り宿をとらせて思ひ〳〵にあかれり廿三日大村藩十八人〔頭註、井上三四郎外十八人ニ〕此所より上陸せり廿四

日舟をいたす追風よし

大崎のみなとやいつら追風に今日三熊野の浦のはまゆふ

見るか内に雲井はるかに三熊野の浦のはまゆふいつれなるらん

三熊野の御祖の神も心せよ君か爲にといそく舟路を

君か爲いそく心をあはれみて風たひ給へ三熊野の神
東路のはるの名殘もゆかしきに舟路に添よ神の追風
　浪花にてよめる
なにハかた黑きけむりのたちまちに宮の御舟の行衞知らすも
浪花かたあしとないひそ君か爲みを盡したる深きこゝろを
天皇の御心いかにあらすらん遠き東のはてにましつゝ
　夕かた志州鳥羽領まとや浦に舟をとゝむ同廿六日皆々伊勢の御神に
　參詣殘る者ハ松岡高はし齋藤と予と外兩三人而已之
したひこしはるの名殘もつきなくに早夕暮のかね聞ゆ之
花鳥にあこかれにしや今更に思へは春もうたゝねの夢
入逢のかねの響にはる暮て深くも山ハ青葉しにけり
咲し花の雲のまとひも立消て青葉になりぬ紀路の遠山
これそ此はるの名殘かさほ姫のかすみの袖に春雨そふる

故郷のはるやいかにと詠め遣る袖さへいと丶鹽たれにけり
いつ舟出心あたりもなかりけりまとやの浦のはるの夕暮
天王の御こといかにと思ひ遣るこ丶ろまとやのはるの夕暮
卯月二日朝曇りて雨すてに降らんとする氣色なりし故に船將に問ふ
伊勢の大御神に詣度之如何くるしからさるやといふ船將船士ニ談す
明巳刻頃迄ニ歸り給はゝ候樣と之故に宿に上り松岡氏ト談同局中へ
も得と申置て行く的矢ゟ山道五里之元伊勢と申磯邊大神宮猿田彦の
大神の社又矢の石戸抔言有此山神路山と申五十鈴川の水上之山深く
道細く谷傳ひニ伊勢の大宮ニ至る之夫ゟ大宮に參詣是ゟ外宮に參詣
此所にみかしき大夫とて山田大路貞陸と申人に面會一酌有夕暮に至
り歸り又度會にて人をつれて歸らんとすなし依而磯邊何某を問ふ是
ゟ歸らん事を談す明日未明に立るへしといふ依而宿し三日未明出立
漸く四ッ頃にまとや浦に歸る今朝未明ゟの大順風にて巳の刻前舟を

出せりと尚書有此時足すりしても追附なし夫ゟ志州鳥羽に出二見の
浦へ出て神社と申へ行ハ參州吉田へ便舟有りと言によりて行此道誠
に風の烈敷事たとふるに物なし扨よう〳〵として神社に著し同四日
八ッ後吉田に著す夫ゟ舞坂にて止宿す昨日二見にてよむ
見渡せハあれすさましの浪風よ今朝出舟はいかにしつらん
此所にて聞ハ高松實むら朝臣吉田ニ御止宿のよし待合せて行度ハ思
へと是ゟ甲州へ行て滋野井殿ニ逢んと思へは書を殘して先へ行ぬ扨
此日ハ日坂ニ止り六日江尻ニ止宿小夜の中山にて
時鳥初音を告よ心あらハ石も鳴てふ小夜のなかやま
七日沖津ゟ甲州みのふ海道を行南部といへるに宿し八日甲府に著す
大井川人の命のかけはしハ浮世を渡る道にそありける
此所にて聞ハ知事ハ此朔日ころに東京へ被出候よし故に權知事土肥謙
藏に面會大ニ國事の論有其外加藤隼人吉田柳太郎等來る此處ニ二日

足をとめて土肥氏と物語せし之十一日ハ猿橋ニ止宿十二日吉野宿本陣重郎彦十郎に面會夫ゟ武州駒木野落合五十馬ニ面會こハ信州伊奈縣の大參事落合源一郎の方之十三日ハ日野十四日東京ニ著し直軍務官ニ入東京にて山科雲州の旅館ニ而歌會有

大井川なかるゝ水にかけ見えて浪もうつきの花咲にけり
都鳥遊ふすみたの川よとに帆風すゝしく夏ハ來にけり
舟つなくすみたの岸の柳かけまたいとはるゝ夏の夕風
墨田川させとも棹ハ及ハねと夏ハ淺くも見え渡るかな

井上文雄翁ニ面會翁の歌

行すえのたのみも今ハなかりけり君か千代田を人にかられて
君か代を千代田とこそハたのみしか誰か室田とならんとすらん
思ひ遣れ大樹の松のはかなくもくたくる世とはならんとすらむ
予か歌ニ

よしやみハ玉と碎けてちりぬとも瓦となりて世にハ殘らし

芝平松亭之會三輪田綱市郞

えみし艸花咲匂ふ武さし野を荒すきかへすますら雄もかな

同　吉岡鐵藏かよめる

汚れゆく今の御國の有樣をいかにみるらん天地の神

信よし

かりつくせ鬼のしこ艸えみし艸道まとハせのうはら唐たち

澤主水正外夷の事ニ付書面の奧に三條公へ被贈候よし

思ひきや大和なてしこ年をへて唐撫子に染はてんとは

信よし

こと國のいぬと羊もあらためて人になし行淺ましのよや

愚息鬼藤太信賢此度箱館に出兵すと聞よむ

君か爲死ぬる習と敎へてもうきは親子の別なりけり

去年巳十二月廿日大村兵部大輔を殺害せし伊藤源介金輪五郎五十嵐伊織等其外關係之者等罪を加へんとす然るを彈正臺ゟ之を拒みて終ニ一時助命又獄に歸す同廿九日强而此六士を切る此事に依りて永谷殿亦松田等を又彈正臺海江田其外此事ニ關係の人々皆東京ニ召す此時よめる

吹起すもとハいつこの誰ならんふたゝひ吹し冬の荒風

よしや人冬の嵐ハ强くともいかて返しのなくてやむへき

たすけんと思ふハ武士の常なるをかな京都府の　のこゝろや

金輪五郎か辭世に我罪をそしらハそしれあゝといふを聞て

罪のもとを誰かはしらん國の爲死ぬるハいさや武士のみち

然るに京都在住の有志又は西國中國の藩士等

幸不被爲在事を歎き奉り力の及ふ限りを盡し奉ると之所いまた時至らさる歟皆々難にあひぬ

梓弓はるの野山ハ燒ぬともかるとも艸のたねハ盡しを
はるにあひてたま〱もゆる若艸をいつこの誰かかり盡す覽
根をたちて葉をからさすハとても世に野山の艸ハ盡しとそ思ふ

予大むら事件の者六士の首級埋葬せん事を願事し侍りけれハ思ひき
やあらぬ嫌疑をかもして國に幽せられけれハよめる
はるの野ニ數にもいらぬ古艸もともにつまるゝ世にもあふかな
今ハみを捨ハすてなんとにかくに思へははてもなみたゑけり

今世復古御一新抔とハ申唱へたれとも多くハ西洋のいま〱敷說に
なつみ彼夷ともの學ひとさへ言へハ尊ときことの樣に思ひて用ゆる
姿にのみなりぬ郡建のこと行ハれてより諸藩をはしめ下億兆かみを
恨まさるなくなりゆくことのあまりに歎かハしくてよある
茂りあひて道こそ分ぬ夷艸花にときめくうはら唐たち
世の中ハはさみもかまもなけれはやいよ〱茂るうはら唐たち

夷艸うはら唐たち茂れともはさみもかまもなき世なりけり
淺ましやうはら唐たち夷艸道分ぬまて茂るなりけり
浪花かたあしまのかにの横もしり直なる道にみを盡さすて
　京の邸中にこもり居ける時よめる
五月雨の軒の糸水たれこめて長々し日を今日も暮しつ
ちる花を何うらみけん九重の都を移す風もふく世に
　宮川介五郎長はるか東京にてみまかりしと聞て
諸ともにうきを重ねし袖の上になみた玉ちる昨日今日かな
つれなしと死出の山道諸ともに越んといひしことも有しを
　京を立て國ニ歸るとき
なかれゆくみハとゝまらて五月雨のふるき川邊ハしからみもなし
つゝみなき古川の邊の水かゝみくもらぬみさへなかれてそ行
　高松實むら朝臣のよみて給ひたる

ほとゝきすいさと行みにおりもせハ古巣の内の聲やきかまし

信よし返ニよめる

鶯の古巣の内のほとゝきすこてハあらしと鳴つゝそやむ

半井節子か我ことをいたみて書る文の奥に

とこやみのはれにし御代も有と聞ハやかてはれゆく君のむら雲

みつかみもくもり〳〵て浮雲のいく重とち行天の下かな

返し

ぬは玉の世ハ常やみとなりぬとも天の岩戸に我ハかくれん

故郷に歸りて後よめる

はゝそ葉の露の惠の深けれハ消ての後も袖そかはかぬ

いつかへり昔のあとのしのはれてなみたひまなき袖の上かな

たのめつる梢ハかれて老松の葉ニいかはかり淋しかりけむ

なき靈となりもはてなて故郷に歸るわかみの上そかなしき

なき人の正しく來るものならハ夢にもみせよ親のおもかけ

宮川介五郎長春かよめる歌

今日君に誓しことは山ハさけ海ハあすとも千代ハふるとも

風吹ハ西へ東となひきぬる人のこゝろハたのまざりけり

武士の弓矢とる手に夷らか恥かけひくそかなしかりける

吾か幽囚の時宮川も外獄に居れり然るに予に衣類紙等を送るとてこれに添へよみたる歌

かま倉のつちのひとやにくらへても君か心のたけきをそしる

愚息信賢か予を尋ねて京に登りける別にとて妹のよめる

別れてハ君か行衞もしらなみのよる〳〵通ふ夢のうきはし

八月十五夜よめる

雲とちて今宵の月と見えぬ之只くもる世のさまそかなしき

夜もすから物を思は故郷のふるき軒はに月はもりける

故郷の古き軒はに宿るゝしのふにあまるそての月影
待宵の更行そらハ雲とちて月ハ見えねともるなみたかな
　かく月を見るにもなき母兄の事のみ思ひ出られて
世にまさハともにと思ふなき人の面影くもる秋のよのつき
　京を思ひ遣りて
思ひ遣る袖ハぬれけり君まさぬ都の月ハいかにすむやと
罪なくてなかされ人となりしより月を詠めてふけぬ夜そなき
　久敷北越に出兵して後京ニ歸りて靈山のむら井氏の墳墓に詣てゝよめる
ことさらに山めくりしてふるものハ袖のなみたとしくれゝけり
　其後招魂祭行ハせられける時
面影ハ立こそ増れとし月のうきを重ねし袖のなみたに
國の爲力を盡し身をハせめ世になくなりて止む人そこれ

幽囚中歎願の事有りそを五七ニ直してよめる

夜るの國　こほりの海の　はてまても　恐れかしこみ　あふきこし　吾天皇の　御國はも　天津日つきの　御こ(虫損)□□□　代々に傳へて　曇りなき　御代にしあれハ　たみ艸の　いさみよろこひ　其業を　樂しみにしか　千早振　いかなる神の　あらひより　かく亂れけん　いきたなき醜の夷か　渡り來て　いちてふことを　はしめそめ　我日本に　一日たになくて叶ハぬ　御たからを　夷に遣りて　いまハはや　たみの歎きと　なりにけり　しかるか故に　大君の　歎きまし〳〵　此くには　神の御代より　今の代に　傳へ々々て　ひと日たに　しこの夷に　けかされし　ことたになきを　淺ましや　討も攘ハて　いきたなき　夷にこひてしゝしもの　ひさ折ふせて　吾妻ひと　こひるときこし　めしゝより討攘ハんと　仕給へと　御ちからたらす　乃ハ事ハ　もたし給ひき　夫よりハ　いよゝ亂れて　鳥かなく　吾妻男ハ　ことさらに　姿はかりか

こゝろさへ　かのいきたなき　夷らに　深くそまりて　神代より　傳へ〳〵し　かたちさへ　夷すかたと　なりにけり　夫よりいまハ　國のかみ　物のかしらと　なる人も　夷すかたと　なり行ハ　かみを見習ふ　下さまと　いよ〳〵ます〳〵　けかれきて　皇國の内の　えみしとも　言へきもの歟　しかハあれと　夫に引かへ　梓弓　つよき心に　天皇の　御心を汲　たてまつり　家をハ捨て　國をいて　主親をさへ　あとになし　行衛も知らぬ　うき旅に　さまよひあるき　よをしのひ　汚れを攘ひ　大君の　御こゝろ安め　まつらんと　盡すか中ニ　いきたなき　夷にこひる　まかものゝ　そのまかことに　陥りて　あるひハ筑波　十津川の　流れに沈み　降雪に　越後の海の　つるかなる　磯打なみと　消にしハ　あはれといふも　おろかゝ　猶其外ハ　國々に　處をかへて　露霜と　消てし行ハ　しかハねハ　野山にすたれ　いたつらに　犬狼や　喰ふらむ　扠後のよに　のこりては　たれとも分す　知る人も　なくて

朽なん　悲しさハ　我々も同し　ますら雄の　只世を歎き　名をゝしみ
國の汚れを　攘ハんと　思ひ立るゝ　みなれとも　やかてもあたニ　死
出の山　越ゆくかひも　なみたのみ　猶いや増る　心ちせり　猶此上に
えみしらか　いよ〱あなとり　恥しめ　國をやいとと　けかすらん
君にや恥を　あたゆらん　猶世の中や　亂るらむ　いて其時は　大君の
もとゟ御こゝろ　たゆまねハ　討やますらん　久かたの　月日のみはた
雲の上に　打なひかせて　さゝらかか　にしきの御はた　大内の　山の
嵐に　なひくらむ　時にしならハ　いちはやく　向はんものと　兼てよ
り　思ひ定し　みなれとも　かなしやよする　老のなみ　影そふ水も
恥かしく　然にしあれハ　我らより　前にしはてし　ものゝふの　ほね
をはひろひ　九重の　都の内の　野に山に　埋めし置て　名處を　かき
しるしつゝ　後の世に　殘しもおかは　せめてハと　祈るはかりの　我
ねきことよ

身にかへて名をのみをしむ武士の印を殘せ世々のかたみに

國の爲死なぬを恥と思ふのみ我明暮のこゝろえけり

　同し時越後國義濃（マヽ）關口孫右衞門か傳をよめる

神な月　夜寒の袖ハ　重ねても　物うきはかり　さゆる夜に　また〳〵
ひとり　めし人を　つれこし儘に　能みれは　年ハ四十を　越のくに
魚沼こほり　其里ハ　十日町とて　天さかる　ひなの長路の　奥山の
いやしき業の　しはの戸に　明し暮しゝ　老父にして　物言ひさまも
舌たみて　其色黒く　すしほねも　荒し雛に　咲梅の　匂ひハいかに
とはかりと　見るさへいとゝ　いふかしく　抑も國を　出にしハ　武藏
の國の　よこはまに　しこの夷の　つとひ來て　市てふことを　はしめ
そめ　皇國の恥ハ　ことさらに　たみの歎きハ　中々に　ありとあらゆ
る　御たからを　えみしに遣りし　そか中に　一日もなくて　叶ハさる
民のたすけと　なるうしを　引渡すとて　大江戸の　その公の　札をさ

へ　しるしに立て　よこはまの　かのいきたなき　夷らに　生るをはき
て　喰ふてふ　聞にあはれと　思ほゆる　夫よりして　殊更に　飛鳥の
川の　淵もまし　せにかはりゆく　世の中と　亂りし行ハ　朝夕に　歎
きかなしみ　いきたなき　夷かいちの　なかゝりせハ　あたら世の中　能
世とも　言へきものを　大江戸の　公ことの　夫をさへ　惡くいひなし
のゝしるを　口をしゝとて　おほけなく　思ひ立つゝ　有りしかとみ
とせ此方　たらちねの　母なる人ハ　あしひきの　病のとこに　打ふし
て　有ける故に　いろ顔に　出しもはてす　たらちねに　仕へまつらふ
折からに　頃ハは月の　十日あまり　二日の月の　影くらく　雲かくれ
筒　はかなくも　なりてしゆけハ　中々に　只さへあるに　妻にさへ
かたりも聞す　なゝたりの　子をさへすてゝ　下野や　二荒の山の　ふ
たつなき　命を神に　さゝけんと　思ひ立ぬる　旅衣　日數重ねて　か
の宮に　宮こもりつゝ　十日あまり　物をも喰ハす　祈りけり　然ハあ

れとも　此神にさゝくる身をは　をしまねと　此願ことを　大江戸の公人に　告んとて　小指押切　此神に　さゝけ奉りて　こゝをまた　立重ねたる　たひころも　ころもへすして　武さし野や　江戸の大城　よそにして　公方人々ハ　小鹿の角の　津の國の　浪花の浦にと　聞からに　雲かとまとふ　霧の海　立まとひ筒　旅ころも　艸の枕の　袖の露これも涙の　名殘とや　さらても遠き　吾妻路を　足にまかせて　行程に　日數を經つゝ　九重や　都ニこそハ　付にけれ　ここにてとへハ　大江・(戸脱カ)の　其人々ハ　此日頃　浪花の浦に　立あしの　立騒きつゝ　九重に　登り來にける　折からに　都の宿ハ　あまもなく　人の宿らぬ　かたもなく　然にしあれハ　こりつまに　又思ひたつ　たひ衣　浪花の浦の　浦つたひ　あしきさハりの　なきかたに　宿をはしめて　兼てより思ひ立にし　願書と　我故郷の　しるへまて　ふみこと／＼に　認めてかねてハ母の　みまかりの　其日にことを　はかりつゝ　はらかききり

てなき母の跡よりいそく眞心に神も憐やかけぬらむ扠なに
ハより のほり來て 其日ハ今日と 神な月 十まり二日の 朝またき
認メ置し 願ふみと ふみとをつゝみ 首にかけ 都の城の 大城戸に
親よるこそ 憐なれ 扠ともまちの しもへらに 如何ととへは まつ
りことゝ とるてふ人ハ おほかたハ 御城の内に 居ます故 出入なし
と 聞からに たれそ人かな 通れかし 願ハんものと 待けるに 人
こそ來れ 供人も 數多つれ筒 玉すたれ たれそと見れハ 淺ましや
此との人の ちゝひとハ 夷にこひて 我國に 交易をゆるしゝ あか
臣と 世に憎みたる 人ゆへに すきし彌生の 三日の原 分てもしる
き 降雪に むなしく消し 其跡を つきにし人と みるからに たの
まてこそハ やみにけれ 扠そのあとに 通り來る 人ハたれとも し
らねとも 願ハんものと 呼はりて 追かけ行ハ 大城戸の 守りの人
の よりつとひ 來かゝるひまに 兼てより かくし持たる こまつる

き　我大君の　ためにとて　既にはらにと　さしたれと　手とり足とりとり〳〵に　いましめられて　なく〳〵も　囚にこそハ　ひかれたり
然はあれとも　命さへ　捨て願ひし　まめことハ　其筋々に　聞へあけやかて雲井に　聞ゆらん　扨此ものゝ　眞こゝろハ　越し路の雪の　深みより　堀出置歟　あらかねの　つちの中より　とり得たる　黄金のかめや　これならん　世にハまれなる　此老父か　かたちハひきゝ　深山木の　さくらか枝に　あらねとも　心の花そ　比ひなき

右は慶應元年丑十月十二日夜六角之囚ニ來り同二年正月十七日出獄國に返す其後同四年辰七月北越柏崎之陣所ニ尋ね來り隨従を乞ふ依而許す又江戸坂・一（下脱カ）擧之人川本壯太郎の舍弟鬼摠二十三歳なるをも又隨従を乞又許兩人共北越ゟ連歸りて京都我旅宿ニ有り其後孫右衞門ハ刑法之役人たり巳年東京ニ勤役せしか後越後ニ歸りて今居之隊中ニ居れりと

關口孫右衞門か歌

故郷をよそに三國の山越へてその行末ハかみのまに〳〵
國の爲いかて命ををしむへきをしまぬことハ神そしるへき
笠とりて休らふひまも青葉山花につれなき風そ涼しき
君の爲國の爲にと一筋に祈りしみにもかゝるうきくも
又川本鬼揔二か母の歌に
國のため君のためにハをしむなよたゝいたつらにみをはすてすて
野村望東女の歌
つくしかたいぬる心もなきものをあらぬかたより浪なさそひそ
吾か詠艸の中に故鄕の母の事をよみける歌を見て落合源一郎か母
親を思ふ人のことのは聞からに子を持老の袖の露けさ
安藤楯男恒德か隱岐國へ流罪として兩度迄舟にて送りしに長州奇兵
隊中ゟ幕吏へ應接終に此所を行事不能して又獄中ニ歸るㇾ其別によ
める

忘るなよ八重の鹽路ハ隔つとも大内山の深きめくみを
　安藤返し但シ作州の人
隱岐の海新島守となりぬとも深き惠ハ忘れさりけり
　其時思ふこゝろありて
思ひ出て去年一昨年と折指になみた數そふ人やかなしも
盡すへき君か心をみまさかやさらにかはらぬ心ともかな
　慶應四年辰六月奥羽北越の賊徒蜂起依之兵部卿純仁親王征討將軍と
して彼國へ御下向此時爲軍曹御親兵取締後軍御親兵百三拾壹人を預
り持て彼國ニ下向扠京を出る時繁用ニ紛れて思ふ樣ニ書かたかりけ
れハ書かけて止みしか又思ひ出て爰ニ書つく
背くこの　吾妻夷を　討んとて　大御軍を　起します　時ハ慶應　四つ
の年　その水な月の　廿日あまり　二日といへる　其朝明　黑谷山の
山寺に　屯し居たる　益荒雄を　數へし見れハ　百あまり　五十人たら

す　ひきまとひ　いてゆき見れハ　軍人　たけひ集る　そか中に　わか
黒谷の　兵士等ハ　君か自ら　知らし食　人にしあれハ　ことさらに
分けてたのみに　思しめす　よしにしあれハ　此たひハ　只身を捨てゝ
君かため　國の爲にと　盡さんと　各誓ひ　髪をさへ　切りてすてつゝ
此たひハ　生てし歸る　みならしと　いさみて出たつ　九重や　大内山
の　山風に　錦の御はた　久かたの　月日の光り　かゝやかせ　袖のし
るしハ　唐にしき　立田の山の　秋の暮　紅葉照りそふ　心ちせり　然
るに集る　つはものの　有か中にも　天皇の　しろしめさるゝ　兵士の
又そか中の　長といふ　長の中にも　我ハしも　預りもちし　武士の
その長々と　諸ともに　雲井の庭に　めされつゝ　大酒給ひ　その上に
いともかしこし　天皇の　大高殿に　久かたの　雲より上に　出る日の
光りかゝやき　立せます　大御すかた　おかみつしハ　あな尊しや　か
しこしや　只尊さに　涙のみ　こほれて袖そ　ぬれ増る　扨それよりハ

大かたの　人にも御酒を　給ひつゝ　夫よりいそく　九重や　雲井の庭を　立出て　あふくも高き　大内の　山の嵐に　久かたの　月日の御はたさゝらかた　錦のいろに　照そひて　またきに秋の　心ちせし　扠かも川の　ひんかしの　廣野にいてゝ　つはものゝ　數をハ揃へ　大筒の　火ふたをとれハ　久かたの　天にとゝろき　なる神の　なるかと見れハ　ぬは玉の　黒きけむりの　忽に　打つゝきたる　勢に　やかて軍を　押出す　都をあとに　近江路や　大津の浦に　打出のはま　松風の音に聞　吾妻えみしを　天皇の　御言かしこみ　討んとそ思ふ

慷慨歌集四 終

春秋歌集五

巢内信善

朱子曰屈原之爲人其志行雖或過於中庸不可以爲法然皆出於忠君愛國之誠心云々

楚三閭大夫平字原

深く思ひたかくあかゝりて世の中ハみなにこり江と沈み果けむ
思ふそよ世ハにこり江の水底に沈みし玉の清き光りを
にこらしと君か沈みし深き江の水より清き心なりけり
にこる世を歎へきらの深き江にみを沈めたる名こそ清けれ

漢武卿侯諸葛亮孔明曰臣鞠躬盡力死而後已至成敗利鈍非臣之明所能逆覩也

君かため力を盡しみをハせめ世になくなりて止ハやみなん

死して後止んといひし言の葉に君か誓ひし道そたかハぬ

諸葛武侯曰當此時間關百爲左右照烈父子立國於蜀明討賊之義不以强弱利害二其心葢凛々乎三代佐也

盡しつる君か誠にくらふれハ山もはるかに及ハさりけり

侯雖不幸功業未究中道殞然其扶皇極正人心挽回先王仁義風垂之萬世與日月其光明可也有天地則有三綱云云

久方の天の光りを鏡にて曇らぬ君か道そ正しき

久かたの天の月日にくらへても恥ぬハ君か誠之けり

晉處士陶淵明

歸南いさやといひて故郷に世をのかれすむみこそ清けれ

唐太子大師顏眞卿封魯郡公天下稱魯公平原大守タリ唐室中興雖郭子儀李光弼之功其實者眞卿爲之倡也

當祿山反哮噬無前魯公獨以烏合嬰(マヽ)其鋒功雖不成其志者有是稱者晩節蹇爲

姦臣所擠見殞賊手毅然氣折而不沮可謂忠矣嗚呼五百歲久其英烈言言如嚴
霜烈日可畏而仰也云云

世々を經て人の鏡となるものハ君かみかきし眞言之けり

國のためつくさハかくも盡さなむ人のかゝみとあふき見るまて

五百里山猶種あけて競ても君かまことに及ハさりけり

燒るとも何歟いとはん積柴のしはしもたゆむ思ひならねハ

唐のもろく亡ひし世をもとに返すそ君か功積なるへき

宋江西招諭使知信州謝方得記中曰程嬰公孫件白二人皆忠于趙一存孤一死
節於十五年前一死十五年後萬世之下皆不失爲忠臣王莽簒漢十四年龔勝及
餓死亦不失爲忠臣韓退之曰蓋棺事始定司馬子長云死有重於泰山輕於鴻毛
參政豈足知此云々

國のため盡す誠の一筋ハ月日をさへもつらぬきにけり

くたらしと盡す誠も君か爲夷に名をハにこささりけり

謝枋得辭寒衣詩曰平生愛讀龔勝傳進退存亡斷得明范叔綈袍雖見大顚衣服莫留行此時要看英雄樣好漢應無兒女情只願諸賢扶世教飾夫含笑死猶生按賙金裘者不知以偶有此詩附之

寒けさハはたえを通し降雪に受ぬも淸しの惠を

今更に人の情ハ受しとて返す夢路の雪の小ころも

受しとて衣を返す言の葉に心も寒くなりにけるかな

魏參政執抱投北行有期死有日詩別妻子良友良朋雪中松柏愈青々扶槇綱常有此行天下久無龔勝潔人間何獨伯夷淸義高使覺生堪捨禮重方知死其輕南八男兒終不屈皇天上帝眼分明

君か行越路の雪に枝折ても色をハかえぬ松のひと枝

ふる雪に松の操ハかくれても世に埋もれぬ名こそ淸けれ

盡すへき道のかきりハ盡しても天に定る世をいかにせん

方得及死妻李氏先死弟有九江不屈死季弟二人死國事二人子婦亦皆死伯父

徼明出兵戰死其子二人抱父死亦死

雪中松柏愈靑靑之心ヲよめる

道としてかゝるへきかな雪霜をしのきて松ハいろ増りけり

世と共に年ハつもりていろ替ぬ操ハ淸し雪の松かえ

處士劉因字夢吉保定容城人

燕歌行

にこりつる昔を深く歎ても歸らぬ水に袖ハぬれつゝ

明建父帝侍講文淵閣方孝孺絶命辭曰天降亂離兮知其由姦臣得計兮謀國用

猶忠臣發憤兮血淚交流以死殉君兮抑又何求嗚呼哀哉兮庶不我尤

今更に心殘りもあらしかし思ふかきりにみをハ盡して

花も又ちるへき時にちるものと思ひ定めていそかさりけり

燕王[illegible]々不屈十族同時死者八百七十余人

かきりなき人の命を盡しても誠ひとつの道そたかハぬ

むねを打こふしをにきりかむきはにふるハ血涙の涙なりけり

孝友孝孺弟也及就戮孝孺目之涙孝友吟一絶阿兄何涙譖々取義成仁在此間

いさめつる君か今ハの一言に猶ふりそふハなみたなりけり

たゆましと兄をいさめし言のはに涙ハいとゝ降増りけり

いさきよき君か今ハの言の葉になかぬも鳴て袖そ露けき

孝孺題朱子手帖曰君子與小人較勝負於一時彼盛此衰覩是非於百世盛俄頃者不足似蓋無窮惡屈於一身者未嘗不光顯天下云云

咲添へて時めく花の一時をあたなるいろと松ハみるらむ

雪霜に折伏す竹ハ乱れても直なるふしハ世に殘りけり

孝孺曰余嘗論朱子明聖學植綱常爲天下後世所尊信表章固非一日而其間大不幸者三焉宋理宗也元許衡也明文皇也予於三不幸已爲朱子之歎而於此又有爲之賀者何當理宗幸有若李燔矣當許衡時幸有若劉因矣當文皇時幸有若孝孺矣皆以豪傑之才醇正學篤信朱子確守綱常寧其志與西山餓死拜五匹父

云云

切拂からし果ても有ぬへし道まとハせのうはら唐たち

立隔つ雲にしはしハまとへとも晴てくまなき有明の月

吹拂ふ夜はの嵐のなかりせハ月の光りを雲やかくさん

君たちか盡せし道よ久方の月日と共にたかはさりけり

五匹父者伯夷叔齊

李燔劉因方孝孺也

五匹父到今風采義氣烈々如秋霜夏日昭（マヽ）揭常新夫然後聖賢綱常學實爲有賴

而朱子在天之靈於是亦有所慰矣

身を盡し道を盡して五人の仕業そ世々のかゝみなるへき

李燔寧宗朝通判潭州當史彌遠當國廢皇子竑（マヽ）燔以三綱所關白是復出九江蔡

念成禰燔心亨有如秋月云云

君をすて世を乱るとてのかれけん心ハ清し秋の夜の月

曇り行世にハすましと山のはにかくるゝ月の影のさやけさ

宋信國公字宗瑞文天祥曰國家養育臣庶三百年一日有急徵兵無一人一騎入關者吾深恨於此故不自量力而徇之天下忠義士將有聞風而起者此則社稷猶可保也云々

みひとつに思ひかためて國の爲起士軍の名こそ淸けれ

吹起す風の力のはけしきに雲もたちまち天に舞ふ覧

既臨刑殊從容謂吏卒曰吾事畢南向再拜死年四十七其妻歐陽氏收其屍面如生焉尋義士張千載負其骨歸葬吉州適家人自廣東奉其曾夫人柩同日至人以爲忠孝所感云々

ちるとのみ思ひ定て吹風も心にかけぬ花の下かけ

諸ともにこけの下にと埋めとも名ハ後の世にかくれさりけり

其辭云嗚呼自古危亂之世忠臣義士孝子慈孫其事之不能兩全也久矣吾不辰罹此百凶求仁得抑何恨幽明死生一理也父子孫一氣也冥漠有知尙哀監

天地も貫くはかり盡してし君か誠の道そかしこき

　日のもとに聞傳へても忍ふかな諸越人の大和たましゐ

文山既赴義其日大風揚砂天地盡晦咫尺不辨者數日宮中皆秉燭而行群臣入朝亦爇炬前導世祖問張眞人而悔之贈公特進金紫光祿大夫大保中書平章政事廬陵郡公論忠武命王積翁書神主洒掃柴市設壇以祀之俄捲其神其神主於雲霄中空々隱々雷鳴如怨之聲天色愈晤及改而前宋少保丞相信國公誠果開霽事雖與周公不同然其忠誠格天一耳

　天にさへつらぬくものハ一筋に思いるいる（衍カ）矢のつよきなりけり

　一すちに盡心ハ國の爲くもりある世にくもらさりけり

　一筋に君か守りし道にこそ盡す其世の跡はみえけれ

　久方の天のいかりの烈敷も君か誠の余りなりけり

　まつるとも受ぬを君か誠にて天に貫き神や守れる

文山記中曰長揖元之君相不拜蓋此身可齋（齏カ）可粉而志不可以威武屈卒之從容

就死以仁其大節炳耀斬轟宇宙間凛々乎立萬世君臣之大義回視棄滅天常之
降臣叛將曾犬豕之不如則其忠臣賢冠絶千古豈人之所能及哉

世の中の鏡にかけて曇らぬハ君か盡せし誠之けり

身を盡し道を盡して國の爲死けん君そよのかゝみなる

世々を經て人のかゝみとなるものハ君（脱カ）盡しゝ誠之けけり

國の爲盡さハかくも盡さなん君か誠をかゝみにハして

元之兵追時天祥顧巖祝曰天相祚宋願以崖石塞兵路訖石大數間屋忽然自山
頂震落

巖とひ夷か道をふさきしや天に貫く誠なるらむ

顧みて巖に祈る言の葉や天に貫き道ふさきけむ

厓門之變睦秀夫傑文天祥先後使節死
孔子所謂臨大節而不可奪者非歟嗚呼不泰相棄世祥幾易而綱常元氣獨碎礴
於宇宙無敍之内者三君之天定

かくはかゝり道のかきりハ盡しても天に定る世をいかにせん

盡すへき道ハ盡して歎くかな天に定る國の行する

文山常言國亡與亡此男兒心

正氣歌曰天地正有氣雜然賦流形

あめつちの淸き光りにむすハれて物のかたちハ顯れにけり

天地の開けし時ゆ山となり川と流れて玉ハ動かす

下則爲河嶽

山となり川と流れて世と共に動かぬ國そ天の玉もの

天ひらけ國定りし昔よりめくる月日の道ハたかハす

上則爲日月

久方の天の大日の光りより月も影そふ星のはやしに

於人曰浩然沛乎塞蒼溟

天につき地にふさかりてはてそなきいつこか海のかきり成へき

久方の月の光りを鏡にて鹽の滿干の道そたかハぬ

皇路當淸夷含和吐明庭

すへらきの正しき道にむすハれてなひきあひぬる四方の民くさ

皇の正しき道の惠にハ青人草も世にさかゆなり

時窮節乃見一垂丹青

亂れ行世にあらハれて正しきハ盡す誠のひとつなけり

盡しけむ昔のあとをふみ見れハかくも正しき道ハ有けり

崔杼殺莊公太史書曰崔杼弑其君杼殺太史其弟書殺又二人書殺其弟又書

在齊太史簡

君か爲とる其筆の命毛に盡す誠の跡ハみえけり

行水に數かく文字のそれならて跡こそきえね世々に流れて

晉靈公不君也趙盾大諫不聽後趙穿弑靈公故董狐書之盾曰此穿弑也狐曰爲

正卿亡不越竟反不穿刑非子誰

在晋董狐筆

今も猶跡ハ殘りていにしへの人ハかくこそ身を盡しけれ

かき消し露の命も君か爲ふみたかハしの道そ直なる

高祖能用非用子房張良能用漢高祖

天地に誓をたてし誠にハ君かかたきも討ハもらさし

在秦張良推

輩を君かかたきと打推に心をくたと跡ハみえけれ

武留凶奴十九年及還項髮皆白

としを經て絶ぬ命を恨むまて盡す誠の道そ正敷

在漢蘇武節

君か爲名をハくたさて雪を喰艸をかみても積る年月

爲嚴將軍頭巴郡大守

きへるとも名ハくたさしの言の葉に盡誠の道ハみえけり

まゆの霜頭の雪と消るとも名はくたさしの君か一こと

官軍敗積百官侍御皆散前侍中嵇紹朝服登輦以身衞帝兵人引紹斫之血濺帝衣後左右欲浣帝曰絶血勿浣也

衣手に染し血は君か爲盡す心のあまりなりけり

爲嵇侍中血

紅にそむ衣手は君か爲捨る命の名殘なりけり

爲張睢陽齒

能ふさき能たゝかひて能治め能みを盡しよき人そこれ

君か爲人を憐む人のために人は命もをしまさりけり

常山太守顏果卿爲顏常山舌

ぬかるともいとはぬ君か口のはに人は恐れて舌ふるひせり

まかものにぬかれし舌や君か代をあちきなしとはおもひはてけん

或爲遼東帽淸操厲氷雪

雪につみ氷に清くみかきあけて立けん君か道そたかハぬ

雪といひ氷に清く誓ても君か操ハ消るよそなき

或爲出師之表鬼神泣壯烈

晉遜少有大志後豫州刺史大功及立不遂憤激發病死豫州士女若喪父母

いかはかり誠なき世を恨みても歸らぬ水に身ハ沈つゝ

淚江揖慷慨呑胡翔

討得すハ江をも渡らし歸らしと誓ふ心の深くも有かな

司農卿秀實勃然起執休腕奪其象笏奮前唾泚面大罵曰狂賊吾恨不斬汝萬段

豈從汝反邪因以笏擊泚中額濺血灑地泚匍匐脫走秀實知事不成大呼謂泚黨

曰我不同汝反何不殺我衆前殺之後謚忠烈

或爲擊賊笏逆豎頭破裂

かしらさけ出る血ハ國の爲打けん人の淚とをしれ

まか臣のかしらを打て出る血の赤き心ハたゆまさりけり

是氣所磅礴凛冽萬古存當其貫日月生死安足論

古へを今に反して見る書に有けるものを人のこゝろハ

ふみ見れハいよ〳〵高くのそみ見れハます〳〵深し世々の古道

あかぬかな世々の古道ふみ見れハ昔の人にあふ心ちして

地維賴以立天柱賴以尊三綱實繫命道義爲之根嗟予遘陽九隷也實不力楚囚纓其冠傳車送窮北鼎鑊甘如飴求之不可得陰房闃鬼火春院閟天黑牛驥同一皁鷄栖鳳凰食一朝蒙霧露分作溝中瘠如此再寒暑百沴自辟易哀哉沮洳場爲我安樂國豈有他繆巧陰陽不能賊顧此耿耿在仰觀浮雲白悠悠我心憂蒼天曷有極哲人日已遠典刑在夙昔風簷展書讀古道照顏色

世の中のうきもうからしつらからし盡す誠の道と思へは

まそかゝみ昔をかけて見る書に移るも清し人の面かけ

これも又亂り行世の習ハしと思は安き囚なりけり

宋副元師宗澤至死歎曰出師未捷身先死長使英雄滿涙襟無一語不及家事但

遷連呼過河者三而卒年七十澤已死豪傑離心降恣聚城下者復者剽掠

夷らか河を過ぬと歎して世に立越る誠なるらむ

今更に千たひ百たひ悔みても歸らぬ水の淺ましの世や

行營參謀官李綱

百千たひ君をいさめし言の葉に深き誠の跡を知る哉

大學生陳東等又千余人上書言李綱奮勇不顧以身任天下重所謂社稷臣也陛下拔綱中外相慶而邦彥疾如仇讎因緣沮敗綱罷命一傳兵民騷動至於流涙咸謂不日爲醜虜擒罷綱非特遣隨邦彥等又醜虜計中也陳東末織綱以國家故爲綱死歐陽徹又同時死

國の爲盡も同し道しはの露と消にしみこそ淸けれ

宣和末金夷分道入寇李綱諫之依綱治守禦具不日畢夷賊圍京師綱力戰禦之夷賊知備乃來議和金銀千萬兩中山大原河閒三鎭割地以宰相親王爲質加罷綱以謝金夷又來大寇金夷京城四方圍援兵無一人城遂陷帝兩川之地割金夷

降終廢帝爲庶人立張邦昌爲楚帝以二帝及后妃太子宗戚三千人北去至高宗立召綱又爲相又諫和議宗澤留守而忠義慷慨兵起擊大破金夷遂決大擧計諸將皆掩泣聽命猶上疏講還京城聿二十余奏毎爲黄汪所抑憂憤卒

いひ傳へかたり傳へて行末に笑を殘す淺ましの代や

臣たるの道を盡していさめてもつたなき君ハあるかひもなし

如李綱之爲人知有君父而不知有其身知天下之安危而不知其身有禍福雖以讒間竄斥屢瀕九死以其愛君憂國之志終有不可得而奪者是亦可謂一世之偉人哉又序其奏議後曰使綱之言用於宣和初則都城必無圍迫憂用於靖康則宗國必無顚覆禍用於建炎則中原必不至於淪陥用於紹興則施軫售京汛掃陵廟以復祖宗之宇而卒報不共戴天讎其已久矣豈使王業偏安於江海澨而尙貽吾君今日憂哉

國の爲君の爲には盡すとも我みの上ハ思ハさりけり

國の爲かゝる積功のあるものをなと禍もも(マヽ)の隔初けん

かゝりける君か歎を兼てより思ひはかりて諌しものを
みを盡し心を盡しいさめてもさとらぬ君か其愚さよ
かくらんと思ひ定ていさめてもきかて亡ひし世をいかにせん
宋大將軍岳飛子岳雲共金兀朮大戰於朱仙鎭大敗之中大震檜矯詔遣十二金
字牌還飛終殺飛父子
みをすてゝ國に報ん言の葉の末もたかハぬ積功それ
今ハとて返す軍のいかはかり悔敷物と世を歎きけむ
清めんと思ひ定し國の恥も力及ハすなにけるかな
檜命其黨鞫之詰其反狀飛裂裳以背示舊涅盡忠報國四大字
國の爲報んとのみかく文字の跡こそ消ね千代ハへぬとも
裳を裂てみせけん文字に國の爲盡す誠の跡ハみえけり
岳飛事親孝也吳玠素服飛願與交驢飾名妹遺之飛却不受
それにたに露のなさけもかけさりし唐撫子の花の一もと

世を歎く増荒武雄ハ咲花の色にこゝろハ移さゝりけり

飛以八百人破群賊五十萬衆戰兀朮於朱仙鎭則以五百人破衆十余萬嗚呼岳飛忠憤激烈議論持正

賊將引兵數萬至城下張巡乃開門突出身先士卒直衝賊陳積六十余日大小三百余戰帶甲食豪瘡復戰守久六人將爲降巡責以大義斬之士志益勸睢陽大守許遠共大戰大破賊遠位元有巡上遠曰公知勇兼濟爲公守公爲遠戰巡所獲車馬牛羊悉分軍志秋豪無入其家謂將士曰吾爲國恩所守正死耳

國の爲盡心をひとつにて討も守るも増荒雄の友

十重廿重かこむ夷か勢も誠ひとつに及ハさりけり

巡勵將士晝夜出戰勝城中盡食皆不堪鬪賊兵盡攻擊之術巡又盡防禦術其將命南霽雲賀蘭進明求數不肯紅涙城歸食益盡巡殺愛妾啖衆城遂陷

いかにせん命を盡しふせけとも終に夷か國となる世を

國の爲かはかりみをハ盡しても亂り行く世の末そ悲しき

巡向西再拜曰臣力竭矣生既無以報陛下死當爲厲鬼以殺賊而已巡每戰大呼
䶦裂目面血嚼齒齒殘所纔三四

悔しとて天に呼ハりかむきハも千々にくたけてちる涙かな

君か爲名ハくたさしとかむきはにくたく心の奥ハみえけり

巡罵曰我爲君父死爾附賊安得久子奇服其節將釋之及以刄脅　霽雲未應
巡呼曰南八男兒死爾不可爲不義屈霽雲笑曰欲將有爲也敢不死亦不肯降與
遠及萬春等皆死之巡年四十九且死起旋其衆同死者見或位巡曰安乃命也衆
泣不能仰視巡顏色不亂陽々如平常

巡有姉先達節死

生て盡し死して鬼神とはなりぬともいかてかたきを討て止へき

くたらしの聲を今ハのしるべにてのほりも行歟死出の山道

思ふたひ見るたひことに袖ぬれて誠をしるハ涙之けり

巡身長七尺余髮髯如神氣志高邁所必交丈人長者

國の爲人を憐む人の爲に人ハ命を惜まさりけり

睢陽大守許遠

ふせくとて位をゆすりみをくたし盡す心も只君のため

雷萬春

鳴神の音にはきけと目にハまたみぬ世の人の名こそ高けれ

南霽雲

國のあた夷に名をハくたさしといさみて越る死出の山道

此時賀蘭進明有臨進令其將南霽雲犯圍出告急進明嫉巡遠聲績出已不肯出兵且愛雲勇壯强留之具作樂延之坐雲忼慨語曰昨出睢陽時士不粗食月餘日雲雖欲獨食義不忍雖食不下咽大夫坐擁彊兵曾無分災救患之意豈忠臣義士之所爲乎因拔所佩刀斷一指血漓以示進明曰雲既不能達主將意留一指以爲信一坐大驚皆爲感激泣下雲知進明終無出師意卽馳去又冒圍入城益急也

今ハとて思ひ切ぬる指にこそ人の誠のふしハみえけれ

切る指に誠のふしハ盡せとも人ハ盡さぬ淺ましの世や

或棄城走巡遠議曰睢陽江淮之保障若棄之去則是無江淮也不如堅守以待救

巡士多餓死

うゆるともかたきに名をハけかさしと急て越る死出の山みち

救ハしと思ひ返して切る指に見えける物を赤き心は

文天祥題雙廟曰爲巡子死孝爲臣死忠又何妨自光岳氣分士無全節君臣義缺

剛腸罵賊睢陽愛君許遠留得聲名萬古香後來者無二公之操百錬剛嗟哉人生

翕歘云亡好烈々轟々作一場使當時賣刀心降虜受人唾罵安得流芳古廟幽沉

音容儼雅枯木寒鴉幾夕陽郵亭下有奸雄過此子細思量

埋れて苔の下にハなりぬともくちぬ其名そ世に殘りける

久方の天に轟く鳴神の名に聞へたる君か積功

あらさらん其世の外をかそへても君か比ひの積功そなき

千秋公論明於日照徹區々不貳心

露とのみちるこのもとハ思ハねと心にかゝる國の行すゑ

風をいたみちるこのもとの露雫かゝらぬみにも袖そぬれける

沛知縣之顔伯瑋者唐魯公後也兵起郡縣皆歸附瑋獨以死自誓燕兵攻沛撥兵竟不至伯瑋度不能支會其子有爲還曰汝歸白大人子職弗克盡矣題詩察院壁夜燕兵入東門瑋冠帯升堂南拜慟哭曰臣無能報國自經死有爲不忍去復還見父屍遂自刎以從死

すゑの露もとの雫を命にておくれ先たつ死出の山道

死出の山越るたもとにふるものハちる木のもとの雫之けり

陳廸父子既死有詩曰大守諸公鑒此情只四國難未能平丹心不改人心節青吏誰盡縣令之名一木豈能支大厦空三軍擬築長城吾徒雖死終無憾望采民難艱達聖明

親と呼子よと答へて君か爲いそきて越る死出の山道

親をこひ子を思ふ道のかはらねハ同しく越る死出の山道

兵部尙書鐵鉉燕兵圍濟南甚急鉉盡力防禦捷不能克南去鉉問辛苦述賦墮ヽヽ歌
激發忠義既而提擒鉉至死罵不絕聲

天地に震ひ動きし勢も千々にくたけてふる涙かな

みひとつを君に盡して國の爲千々にくたくハこゝろなりけり

胡銓抗疏曰秦檜孫進亦可斬也願斷三人頭絳興問罪之師士氣不戰自倍

ふみそめてまとハぬ君か言の葉に夷を拂ふ道ハ有けり

いさや君夷と共に打拂へ道まとハせのうはら唐たち

又曰自靖康迄今四十余年三遭大變皆在和義肉食鄙夫萬口一談今日擧朝之
士皆婦人也

夷らと軍ハせしとこひるとに國亂り行淺ましの世や

男子ハ絕てなきかと思ふまて夷にこひる淺ましの世や

又曰三尺童子至無知也指犬豕使之拜則怫然怒今醜虜者犬豕也衡以宋儒仕
元夷及不如童子見哉

夷らを犬よいのことのゝしりし聲ハ絶ても世に聞へけり

夷らハいぬよいのこよ夫にまた媚てへつらふ淺ましの世や

樞密院編脩官胡銓曰王倫者本一狎邪小人市井無賴頃緣秦檜無識以使虜專務詐欺罔天聽驟得美官天下之人切齒唾罵

國を賣夷にこひるまか臣を斬らんといひし君か眞心

罪をとひあたを名にして軍をといさめし君か道そ正しき

禮部尚書陳廸棣篡位召廸責問慢罵不屈支子鳳山等六人斬市棣割鳳山鼻舌熬孰食廸曰好吃否廸曰這忠臣孝子肉好喫云々

此にくハ味よしといひて喰親の口をしゝとやはかみしつらん

あちきなき世の習ハしと恨みても終に我子のかくハ喰けん

廸既節死衣帶之中有詩曰三受天王顧命新山河帶礫此絲綸王世貞曰鐵公焉未墜之阪築鼓不振之兵氣轉弱爲强幾就而挫天所廢孰能與之支有靡碎膝無小屈斯爲最矣

國の爲君のためにハかくこそと思ひけるたに袖ハぬれけり

海も淺く山も及ハし積功の高くて深き君か眞こゝろ

都察院副都御史練子寧嘗謂金幼孜曰子他日爲良臣我爲忠臣兵起子寧疏李景隆觀皇不忠請斬之及燧簒位召子寧責問不屈死親族以下坐徒死者數十百人

かねてより思し定し言の葉の露もたかハす消る玉の緒

たかハしの言の葉に置白露の玉と消ても名ハ殘りけり

御史曾鳳韶屬妻李氏拜子公皇曰我死而易衣遂自刎李氏又經死其辭曰予生居廬陵忠節鄉素負立朝骨鯁之賜讀書而登進士之第仕官而至錦衣之郎既一死之得宜可有以含笑於地下而不愧吾文天祥

思ひ立にしきの袖も君か爲今ハかひなき死出の山道

故鄉の旅ねに今日ハ立かへて錦をかさる死出の山道

蘇州知府姚善既節死黄越登琴川橋哭曰君今日與希直同死國吾忍背義獨生乎祀畢約家人歸祭其靈從容整衣冠奮自入水死

もろ共に越行さきハ死出の山盡誠の道やいそかん

君死なハ同し道にと契りけん心ハ深し水のみなそこ

景清比棣簒位陰懐豫譲之志欽天監奏有星紅色杞座清果衣緋衽中藏劍不克節死

明大祖第四子棣簒位也

かけ清き月の光りもさしかねて曇り行く世の末そ物うき

景清き月の光りはさしもあえすよをうき雲にくもかくりして

陳文龍指其服此皆節義文章也終不屈不食死

降らしとむねをゆひさす言の葉にふみもたかハぬ道ハ有けり

北なしと見し世ハすてゝ南に指す道ハふみもたかハす

德祐始趙昂發書几上曰國不可背城不可降夫婦同節義成雙遂與死於從容堂

おとゝしと同しく死出の旅衣只一筋におもひたつかな

その妻もともにといひし言の葉や世にならひたつ操なるらむ

汪立信記中起歩庭中慷慨悲歌握拳撫案者三日扼吭死

夢にたに聞ぬを聞て悲しきハ君か歎の聲にそ有ける

世をうしと歎き悲しみ歌ひけん聲ハ絶ても猶聞へけり

撫州都統密祐卒衆逆戰身被四矢三鎗猶揮雙刀研圍涙橋々落執終不降子斥後請刑遂死

君か爲名をのみをしむ益荒雄ハ子を思ふ道にまとハさりけり

其折もみぬ目にうかむ心ちして君か今ハのいさきよきかな

常州陳炤刀戰守城賊將招之譬喩百端終不聽城遂陷炤曰云此一歩非死所兵至戰死

武士ハたれもかくこそ有なめと浦やまれぬる君か積功

百千たひまねくを聞かて一あしもひかぬ男の名こそ淸けれ

李芾慷慨以忠義勉將士呑血大戰陷城終死

ふせくとて血をすゝる戰に赤き心の深さをそしる

すゝりけん血の玉の光りにハ赤き心やすき通るらむ

蒂臣沉忠蒂妻子吾妻子共殺盡則戰場至死

武士の矢竹心の誠よりやかて越行死出の山道

ちり程も世にハ心を殘さしと越るも清し死出の山道

負貴家童供福其主降元後招禍不聽故禍父子執終殺

國の爲脊もむかす一筋に死する親子の道そ直なる

仕へこし人にハしはしそむけとも盡す誠の道ハたかハす

宋臨安都爲元陷大后諭楊州守將季庭芝使降庭芝不從力戰遂死

花とちり梅と匂ひハ殘せとも柳となりて世にハなひかし

ちりてこそ匂ひハ殘れ梅花有とや爰に風ハふけとも

慷慨赴死易從容就死義難

花とちり紅葉と染みてちるよりも松の操ハ盡しかたしや

さそふとも風をはよきて櫻花只ちる迄を待ハまたなん

金夷宋二帝區金易服若水抱哭金夷狗輩也罵歎曰無天二日若水寧有二君哉
李若水不屈終死罵不絶同監軍其唇破血吐罵愈切以及裂頭舌至死
くたらしの聲を血にこきませて赤き心の増荒雄そこれ
仕へこし君か重にくらふれハ我みひとつハちりも何之
かしら裂口ハ耳根に切らるともいかて夷か臣となるへき
献納二字富弼以死爭之虜氣折止
みひとつにふたつの文字ハかえしとて盡す誠も只君のため
みひとつを思ひすてたる誠より二ッの文字ハかくて止にき
宋貞祐元年十二月侳州爲元兵陷盡驅居民老若殺之田君父亦與焉君伏其父
於下以両手俛而延頸以待之君項腦中両刀而死銘曰嗚呼踏斧鉞而致死猶洄
氷之歸全其死者藐焉此身之微其全者浩呼此心之天云々
思ひ遣る袖に涙も止まらすいて其時の君かこゝろを
親を置て只此身をと祈るめにふるハ血の涙之けり

海といひ山となつけてくらへても君か誠ニ及ハさりけり

朝宵のかゝみにかけて見るへきハ君か盡せし誠なりけり

李若水既死宋使百官奸臣張邦昌以議立異姓張叔夜不背終執叔夜北去道中飲水義不食粟至白溝御者曰過界川叔夜及起仰天大呼遂又不詣明日扼吭而死

終に又にこれる水ハのましとてうき世に沈むみこそ清けれ

久方の天に呼ハり歎ても歸らぬ水にみは沈みつゝ

異國のさかひの川ハ渡らしと沈むも清き水の水そこ

雖唐命方尓亦郭子儀忠貫日月由神明扶持

君か爲盡す誠ハ久方の天につらぬき名こそきよけれ

くらへてハ月日も下と思ふまて盡積功高くも有かな

司馬光曰王莽慕襲勝名沐以尊濁厚祿劫以淫威重勢而必致勝不勝逼迫絕食而死

うき雲を拂ひ盡して入る月の光りそ清き八重の鹽風

勝曰吾受漢家厚恩亡以報今年老矣日暮入地誼豈以一身事二姓地下見故主
哉

なみにあらひ風にみかきて清きかな八重の鹽路の入かたの月

露と置時雲とかはり降雪に染ぬハ松の操之けり

朱子曰天下義莫大於君臣其所以纒綿固結而不可解者是皆生於人心之本然
而非有所待於外也然而世衰俗薄學廢不講則雖其中心所以固有亦且淪胥陷
溺而爲全軀保妻子計以後其君者往々接迹於當世云云

はなれても離れかたきハ君となり臣となるみの契りそけり

受來つる君か惠みを忘れてハつま子ハ盡しのかれかちなる

諸葛膽同尙

露はかりみをハをしまて父の名に光りを添へて消るしら玉

漢北把王蜀帝禪子也禪魏降皇子父諫不聽哭昭烈廟先殺妻子而自殺

たらちねの父に先たち死出の山越けん君かみこそ清けれ
くたらしと父をいさめし言のはに國の耻をも清めつるかな
金人講和以用兵我國㳂兵以待和譬人晨虎以肉餧之盡終于筮人若設陷穽以待然後可以制虎矣
中々にとらハのかれておのれのみ穴に落入る淺ましのよや
これといひかれと答へていひ艸の茂るはかりに道そなくなる
宗澤既死於金夷兵急而高宗以潛善伯彥爲相遣使乞和和不已高宗遣使致書
つはきはき罵をたに耻すして夷にこひる淺ましの世や
後唐從河自立發兵計石敬瑭及其將佐奉表稱臣契丹且請以父事之約事成日割地與之皆冀州地也其臣知遠大諫之異日大爲中國患敬瑭不從至表契丹大將兵救唐兵大敗從河焚死契丹命敬塘爲大晋皇帝瑭四十三州內十六州以契丹周世宗師位自將伐契丹以復之關南悉平遂欲前復幽州遇疾還宋神宗時乞立界王安石勸神宗曰欲取之必姑與之乃割地事七百里終異日與兵端徽宗宣

和中金夷日强連陷契丹地於是徽宗約金來攻契丹敬瑭所沒舊地既金人又與宋構隙大擧兵入寇至靖康亂全冀地盡沒金夷後又陷蒙古

古へをかゝみにかけて見るへきハしこの夷か仕業なりけり

かくまても清き鏡のあるものを又くもらせて世を亂す哉

幾千たひたのみかへても誓ひてもたかふ夷か道のよこしま

宋高宗金夷乞和書曰古有國家而迫危亡者不過守與赴奔而已今以守則無人以奔則無地此所以謂々然惟冀閣號是天地之間皆大金之國而尊無二上亦何必勞師遠涉而後爲快哉金人不答

としをへて荒るゝ越路の浪風に舟をハとたく淺ましのよや

なみたふりあせとなかれて見るたひに悲しき物ハかゝる世のさま

かくはかり夷に耻を殘しても耻とは知らぬ世をいかにせん

岳飛既死於此河南新復府州皆復爲金有而宋遣使通問稟議金以求知[和カ]議成高宗乃奉誓表稱臣於金割地增幣唯金人所欲以界之

かきりなき耻を請ても耻とせぬ人の心の淺ましの世や

其誓表略曰臣構言今來書疆以淮水中流界浴邊州城既蒙思造許藩方世々子々孫々謹守節每年皇帝生並正且遣使稱賀不絕歲具銀絹幾萬匹有諭此盟是明神是殛墜命亡民踣其國家臣今既進誓表伏望上國早降誓詔庶使弊色永爲憑焉陳仁錫曰古今奇辱千古無耻夷心當以宋宗爲第一矣

見るたひにあせハ流て悔さの涙ふりそふ世にも有かな

音に聞北山時雨風荒てふらぬ里にもぬるゝ袖かな

外雖和而内不忘戰此向來權臣誤國之言也

末終に討んといふハ中々に國をあやまる人の言のは

臨安爲元夷兵陷右亟相陳宜中白大皇大后奉傳國玉璽以降夷

道ならぬ道にまとひて國を賣君をまとハす醜臣そこれ

世を亂り君をハいとゝまか者の仕業に國をけかすなりけり

宋徽宗欽宗

夷らにひさ折ふせて名をけかす罪ハ世をへて遁れさりけり
おくしつる人の心の淺きより深く亂るるよとハ知らすや
淺ましや物におくしゝ心より國ハ亂りて名ハけかれけり
劉豫邀金南侵高宗用張俊趙鼎之言自將禦之將士勇氣十倍金人引還
一度ハなひく錦のはたの手に金もかはらと打くたけつゝ
國の讎代々のかたきも有物をいかて夷に名をけかすらん
宋高宗
一度ハ晴るゝと見つる月かけも又かきくらし曇る世そうき
張時泰曰蒙古來議來攻金者晋人假道以愚虜人之謂也汴宗協金以亡遼而汴
宋反爲金人所得南宋協蒙古也金南宋終爲蒙古所有
さま〳〵とかはり行世を尋ても同し夷か道のよこしま
思ひかへたのみかへても末ハまた夷にのそみ國ハとられつ
燕王棣

よこしまにたくりとる世の亂よりいとと筋なく道ハ之にき
おもひきや國を治めん人の子にとら狠の生るへしとハ
人の上にとら狠ハ有物を野山にとのみ思ひけるかな
淺ましやとら狠の心程北なき物ハあらしとそ思ふ
高宗以和好成加檜大師封魏國公又賜秦檜第及銀絹等親幸其第加檜妻兩國
夫人其子婦及孫等皆除顯官周禮曰高宗有秦檜而不知有宗社也
君として夷にくたり其臣にこひてへつらふ淺ましの世や
臣にこひ夷にくたり國の名をけかすも恥ぬ淺ましの世や
金以和愚宋秦檜以和愚帝帝以和自愚也
末遠き思はかりの深からて淺き心の淺ましの世や
夷らハ思ひはかりにはかられて恥をハ世々に殘す之けり
宋奸臣秦檜
山をつみ海の深きをはかりても此奴か罪に及ハさりけり

八百日行はまの眞砂ハよみぬとも此やつか罪ハつくささりけり

邪に道を亂して世の中を筋なくなしヽ禍ものそこれ

比へてもたくへかたきハ此臣か國を亂しヽすさひヽけり

生なから此奴か肉を喰ふとも猶あきたらぬ心ちこそせめ

殿司軍士施全方檜趨朝挾乃於道遮檜肩與刺之不中捕送大理檜親鞫之問曰儞莫是心風否全曰我不是心夙擧天下都要去殺虜人儞獨不肯殺虜人我便要殺儞矣遂磔於市

道うはふうはら唐たちかけ茂み月さへさヽすヽにけるかな

月さヽぬむくらか軒の下露と消て恨や猶殘すらむ

月さヽぬ恨ハ風に殘れとも雲ハ拂ハぬ淺ましの世や

秦檜居相位十九年倡和誤國忘讎斁倫包藏禍心劫制君父其勢漸不可制張扶請檜乘金根車呂愿中献秦城王氣詩其終也高宗進封其爵建康郡王而其夕檜死高宗乃謂楊存中曰朕今日始免防檜逆謀矣

君にこひ讎を忘れて國を賣夷に降り名をけかす臣

君ハ臣臣ハ君よりまとハせて世ハさかしまに打亂れつゝ

立隔つ雲ハ消ても朧夜の月の光りハ照さゝりけり

馮道滑稽多智浮沉取容國故竊位素餐國亡謟迎勸進以一身克四姓十君姦臣之尤

淺ましや浮世ニ沈み沈みてハうき世に媚て耻としもなし

君にこひ世にへつらひて高くあかり深く沈みて恥としもなし

世と共にうき沈みして十たひまて君をかへても恥ぬ此奴そ

趙孟頫爲宋公族仕元其無恥孰甚焉雖書精絕惡可取

淺ましや夷にこひてとる筆の其あとをさへかきにこしつゝ

うつし繪にして見にくきは此奴らか夷にこひる心之けり

いきたなき夷にこひてかきにこす其水くきの跡そ見にくき

漢楊雄好學博覽恬於勢利仕漢三世不從官然媚王莽作法言稱其美比莽於伊

周莽及簒漢雄逐臣之

まかものと思ひすてゝも有ぬへし清き學ひの道をふますは

中々に學ひの道に名を得すハ只大かたのまかの知れもの

まなはすハ只大かたの禍ものと思ひすてゝも有らハ有南

學ハすて有へきものをまかものに媚てへつらふ道のつみ人

まかものにまかをすゝむる禍ものゝ禍のかしらハ此まかものよ

宋王倫

此奴らか仕業を見れハつはきはきはかみせられて涙こほるゝ

宋宰相張邦昌金夷立昌爲楚帝高宗卽位以李綱言黜之伏誅

玉椿つはきするまてにくきかな夷にこひるまかのしれもの

殘り行恥もそしりもいとはすて夷にこひる淺ましの世や

國亂り道なき跡をふみ見れハなみたこほれて髮さか立も

李邦彥汪伯彥

此奴らか成しゝ仕業をかそえあけて思ふかきりに罪してしかな
恥しらす誠しらすか集りていよ〳〵國の名をけかすかな

賈似道

道ならぬみちにまとひて國を賣君をそこのふまかものそこれ
たのみなき露の命をよすかにていつまて國の名をけかすらん

宋許衡以道學者毀冠烈冕以克元是奸之巨魁也

宋許衡

まなハすて有へきものを邪に道ふみまとひ世をそ亂せる
おのれたに夷となりて世の中をうちまとハせるまかものそこれ
中々に道ハまなハて邪に人をまとハせ國をみたせる

淺見絅齋翁か篇せられし靖献遺言を見侍りて翁の心をよみ侍る

とき分て見れハいつくし黒髮の亂れて永き世々のもつれを
水くきの跡を見るにも淸き此人の心の深さをそしる

見る毎にみぬ唐の古へをふみ分て知る道そ正しき

ふみ分て見てこそ忍へ唐の道なき世にも道ハ有きと

年をへてかき集めける言の葉に深山の木々のもとを知る哉

春秋歌集跋

抑我皇國ハも天地開し時より皇統連綿として地球中ニ獨立し神德明らかに下萬國を照らし　天皇の神武四海ニ光耀古へよりして他を征したる事ハあれとも他に征せられたる事ハなし聊か弘安の難有りしと雖とも　神怒忽に烈風を起して粉の如く碎きみなころしす然るにすきし嘉永六年丑六月夷國人渡來此方古今未曾有之大患無限御國恥を醸し物價沸騰生靈永く塗炭の苦しみを請天變地亂ニ移り或ハ地震い或ハ日照りとなり又ハ洪水の愁を醸し或ハ衆星飛ひ亂れて國亂せしめし或ハ春日の神鏡破裂又ハ

內侍所の御鈴無故ニ落て破裂すといへり其外擧て數へかたし實ニ天下の災害是より大なるなし依而ハ天皇深く歎かせられ攘夷の敕諚度々に及ふと雖も幕府征夷使の職ニ乍居敢而敕ニ不應幕吏輩彼秦檜王倫か心を旨とし或ハ虎狼の暴威を逞し或ハ醜夷か虚喝の勢煙ニまとひ或は諭〔倫カ〕安因循之情ニ流私ニ和親交易を許す爰ニ至て暴政を極め宮大臣と雖幽蟄し三家三卿親藩外樣之大名或ハ天下之有志憂國の人々ニ虚名之罪を加へ或ハ僞て幕府攘夷之直書幕吏輩連署之建白を以かしこくも　和宮を申下し候抔實ニ不臣之道を不盡方なし爰ニ至て中國西海南海ハ元より諸藩大ニ震ひ起る薩長土之三藩殊ニ勝れて憤發天下之形勢を內奏して大原左衛門督關東ニ敕使幽閉之方々を氷解し公武御合體攘夷を令し政事變革之事を令す幕府請之其後再度爲　敕使三條殿姉小路殿關東へ下向幕府從來之不臣を正し名分を明らかにし猶攘夷之事を嚴命す此時既ニ三藩ハ元より諸藩追々ニ上洛君側之諸奸を攘或ハ幕吏之奸を斬り又ハ交易を成す之姦商をほふ

り或ハ慷慨の有志天下ニ竪横して幕威大ニ衰ふ士風又大ニ變す建言投文日夜不絶然ルニ亥年三月將軍家初度上洛續て攘夷御誓願として加茂下上之社　行幸其外諸社へ奉幣有石清水　行幸供奉關白殿下諸堂上官人武家ニは將軍を始として諸藩供奉猶石清水　行幸此時神前ニ而攘夷之節刀可給之所將軍虚病を構へ供奉延引依之　天皇逆鱗人心幕を見下す猶大和國行幸　神武帝御陵御拜軍議可被爲在とゝ然るに中川宮會藩等之奸計ニ而八月十八日俄に大變動を生し堺町御門警衞長州之兵士を被爲退依之三條卿以下七人長州ニ脱走其外國事ニ關係之諸役等參內被止依之皇都の騷動不大方然れとも諸人其故を難辨へ此時宮堂上卅余家幽囚之此前より大和國ニ於て諸浪士勤王を唱へ大ニ動亂續而但州生野ニ一擧をかもす是攘夷の不被行か故之此前五月十日攘夷之　敕諚を重んし期限を不誤夷艦を攘て　天朝賞之御旗を以す然ルニ本年八月十八日無故ニ敕勘を蒙りしを歎て甲子六月長州之兵士洛外ニ來而屯集然れ共奸徒妨之歎願終ニ用るなし

故ニ憤激之徒怒りニ不堪終ニ七月十九日之變動ニ至り京地一時ニ賊藩之爲ニ焦土となる此時も又雲上廿四家幽閉此前後常野三州之騷き漸く冬ニ至り北越之騷と成り其響京地ニ震動積雪正義を埋メ春風吹ニ至りて氷雪共ニ軍氣解く且又尾老公諸將を率て中國藝州迄下向之所長州因循之論發して早く三老臣の首級を献して大ニ謝罪幕令五ヶ條を請ク爰ニ至老公浪花ニ歸陣然るニ幕府の命長州父子並ニ七卿を具して東下を命す然りと雖も尾公委任之命今度之所置如何ん共致しかたく然るを朝廷尾公を召し猶關東ニ敕して曰將軍上洛之上至當之所置を可加之命有此時關東ゟ之沙汰日光之神忌として宮堂上地下官人樂人日光ニ下向此事漸く終りて後五月廿四日將軍進發長州追討として入京軍裝を以て參内被願候へとも不相叶常例之通り參内同廿六日ニ浪花城ニ入依而ハ先陣摠督として紀伊中納言を始井伊榊〔原脱カ〕を始として中國ニ下向然るニ我幽囚之起りと言ハ抑大樹上洛之事ニ依而京地大津膳所邊ニ於而有志輩將軍を謀る之風聞も有之候哉尤

膳所城内ニ於而地雷を伏せ在之とも風聞且藩士割腹等之事も在之と申事之扠守護職ゟ之命として國事尋問之事有りとて壬生浪と歟新選組と歟申無頼之惡徒大勢高松殿ニ來り右之趣を申高松殿會津方へ御周旋振も在之と雖も一先御渡しニ相成候樣となり依而六條ニ惡徒か巢穴ニ被連候處無實之難題種々を問掛嚴敷責問ニ及候剰へ皇國の御爲建言致し候書類を奪ひ公武之間を離間さする抔と申立樣々責問ニ及候尤同志ゟ之賴ミ長州へ參ゐ(マヽ)候有志壹両人又我大洲之藩是も長州へ參居候者等所々へ賴ミかくし遣候と雖も不知之旨申立たり又建言は幾度となく致し中にハ中川宮一橋殿關白殿之御取扱ニ相成候事も在之候得とも此度壬生浪士共ニ被奪候ハ兵庫開港早々被差止候樣との事ニ扠我生來愚之と雖勤　王之爲誓て志を立生而は國恩ニ奉報死して忠義之鬼と成り或ハ七度死七度生替り　天朝と共にいかて歟夷を不討へきいかて歟君の爲に死せさるへきと兼而より思ひ定し上ハ今や死なんと思ひ定しか又つら〳〵思へは死ハ一たんにし

て安く今少生を保ちて透有らハ賊壹人にても差殺して死せハやと思ひ定メてひまを窺ひゐたりしか其後ハさまても責さりけり扨同時ニ捕ハれし矢野玄道同白川家之内近藤治部至邦之近藤と予とを町奉行に送り玄道ハ両人之願ニ依而鳩居堂ニ歸ス矢野と予と同所ニ居れり別ニ望んて酒ヲ乞不許依而水を求て呑みて別るヽニ死別を告矢野之曰君死したりと聞ハ予も三日を不出して死せん只幽會を期せんと猶故郷の母之事を頼必無事を告遣るへし又兄にハ此事を告よとて則別る折しも雨いミしふ降て月くらく今宵や直に切るなるへしと思ひの外聞もいまく〳〵敷切支丹と歟申四ニ只二人入たり莚壹枚を添て入る尤壬生浪之申立强き故なるへし大罪人の如くニせし之折しも夏なから寒くて夜もすから或ハ怒り又ハ不運を歎き是迄千辛萬苦之志願も不立今日之事ニ至候事を悲しミ慷慨之涙止メかたし依而ハ聊も目をふさく事不能短夜漸く明たれとも雨いたくふりて闇き事夜るの如し扨共に絶命の歌をよまんとてよみたれと筆墨なし故漸く心

附て紙にて小よりをよりて夫を文字に作り上よりも紙をあて見しに紙の中に歌のもし顯れたり予か歌ハ覺へゐたれと近藤氏かハ忘れたり

今さらにいかて動かん兼てより我ふり居し大和たましい

今更に何か思ハん國の爲死ぬるハもとに歸るなりけり

つなかるゝ此みハうしと思ハねと待らん親にこゝろをそひく

命をは物の數とも思はねと待らん親の心をそ思ふ

今ハ何時切ぬともよしとて更に打わらひ居たる内に呼出したり扨吟味所といへるに出扨六條にて被申候通を被申候樣となり故に其始末を言猶建言の事を申せしに夫ハ左も有度事之といひし夫ゟ所をかへて役所止メといへる場所にして會所といへる牢外の手にかゝるき獄舍之外々とハ事かはりて亥子前後國事關係にて幽囚する人而已多く扨此所に來りて見れハ三條家の富田明闇寺和尚川瀨等ハ相知れる中之依而ハ心もすか〳〵敷なりて其始末を語るに猶いたわり呉候之扨今にして思へは六條ニて能こそ

死なさりけりと思ひし之兎角の物語りも國事にのみ出て正論ならさるなし或ハ歌をよみ詩を作り今様抔歌ふも有れハ樂の賦を言も有碁將ぎをもてあそひ書類も多く有りて是を見彼をよみて筆ハ竹衣又ハ藁にて製し墨のかはりニ薬りをときてかく紙夜具衣類等も能調ひて何事によらす不自由の姿なし只酒たはこ抔そなかりき醫師ハ日毎に來りて病を見て薬りを與へ煎薬ハ外にてせんし湯ハいつもたきりたり夜ハ格子の外より燈を明して内を照らし或ハ紙帳を釣るあれハ衣類をかけて蚊をふせきその物なきハ莚を横につりてこれをあふちて風を起し蚊遣りの替りとす然れともそのみとしらみハいかんともしかたし或ハ義に背き道にたかひたるあれハ其役のものよりしてこれをつよくいましむすへて進退とゝこほる事なし格子之外にハ番兵有りて晝夜ニ番をなす人足のもの水を汲湯をはこふ又薬りをはこひ來れハ是を病人にのませ夫〻めし汁香物を壹人の料とす食濟んて順に湯あみし皆坐ニ付夫〻四ッ頃醫師來りて病を問ふ夫々に薬を

入續て湯を持來る又順を以遣ふ晝飯また朝の如し又夕方藥りを入又湯を持來る其湯にて飯をきつし又湯を遣ふ又士分役所留又ハ國事之者にハ重箱に食を入膳ふ巾ほふきはきものを添候て持來る之又中かさに菜のものを入る但し兩度ニ出す是役所留の印之其外さし入とて夜具衣類紙其外何にても好みに應して書附をして出せは則其品を宿元を入る之右之品々を持來れハ夫々末々迄も分ち與ふる之扠國事の人も兩大夫を始め國事の人も冬より春に至りゆるされ夏のはしめになりて近藤も出獄續て長州の大野四郎左衞門中の子以下六人も本國に護送となる今や我等もと思ふ處に長州之和議又々破れて戰爭ニ相成候よし夫ニ付川瀨太宰も外之處ニ居しか老中板倉伊賀守か命として非命に死す夫ゟしては又出す氣色なし扠長州の風聞又京攝之模樣を聞に宮津松平伯耆守白川阿部兩閣老上洛兵庫開港幷ニ九門諸藩之警衞を止メ歩兵を以爲替度事を願ふ右關白殿ニ於而嚴敷御差止メ之依而ハ宮津ハ浪花へ出立白川ハ東下是ゟして夷風之者九門内

立入候事を嚴禁然るに將軍浪花ゟ上洛押て兵庫開港を被相願候へとも　勅許なし依而下地開港相約し候白川宮津松前之三閣老退役扨長州ニ於而ハ幕府ノ先陣井伊榊〔原脫カ〕を始として諸勢大敗其外小倉口石州口藝州口共敗軍小倉濱田之両城とも落城ニ及候よし續而將軍も浪花城ニ於而他界之よし就而ハ一橋とのを將軍ニなしゝよし然る上ハ御父烈公之御遺志も可被爲繼ハ必然兼而攘夷之　勅諚度々及殊ニ摠督迄も被蒙候上ハ定し攘夷御主張長州之和議も可有幽閉之かたくも氷解かと存候所其儀も無之且追々物價益頂上萬民之困苦も可被救かと萬民くひすを廻らし相待候處豈計乎將軍自ら醜夷之姿となり交易ハ彌盛んに相成り加ふるに兵庫神戸を開き又攝海へも外夷を引入猶浪花に夷人共を横行させ彼醜夷と將軍自ら應接も有之候よし依而者日頃ニ百倍し物價沸騰實ニ紅涙ニ不堪憤激拳を握るに至り萬民力を不落物なし外人兎もあれ此人ニ於而ハ先烈公の御子として醜夷に染渡りて國を恥しめ親を恥かしめ又武田等之義氣と申別而ハ度々

之敕諚を背き誠先々代ゟ之事情不被可止勢とハ乍申天下ニ恥を不知人也此人後世人心を失ひ天下を失ひ且ハ　天朝ニも可背人ハ全此將軍なるへし嗚呼悲かな是後唐の石敬瑭之比ひなるへし然るに恐れ多くもかしこくも〳〵も
天皇雲かくりまし〳〵けるハ何事そや是迄數十年國體を穢し萬民塗炭ニ陷るを歎きまし〳〵幾度となく攘夷之敕諚被仰出諸社へも御誓願被爲在加茂下上石清水　行幸續而春日社　行幸御親征と迄も被爲仰出候之所奸徒之爲に被爲妨終に其議も不被爲行斯ゟ被爲成候御事思ひ出奉れハ我此黑髪も逆立拳も握り碎心ちそする誠に幽囚中折々此事を洩聞ニも紅涙止る事を不知依之赤子之乳房に離れ或ハ天日を失ひ闇夜ニともしひを失へるか如し誠に我三年之幽囚一日三秋之思ひ猶今日ニ至りても此有樣歎ても〳〵も猶余り有然るに慶應三年丁卯ノ二月の始のことなりしか上原淍藏か靖献遺言を取出して予に示して曰貳百余年之古淺見淍齋か唐宋以來

醜夷か中國ニ寇し終ニ宋をも亡し夫ゟしてハ中國に寇する事取分て甚敷
中國之王道是ゟして亂れ奸人時を得て醜夷ニこひ和を成して國恥を醸し
永く生靈をして塗炭之困みニ陷らしむ爰ニ至る忠臣憤激ニ不堪して國家
之爲ニ死をいさきよくせし事を書置れしか今日目前の鏡にかけて見ろか
如し此内忠憤之人々をもよみ又其語之いさきよきをも取又夷賊にこひ和
を成し國を賣り永く國恥を醸し國を亂り笑を萬世に殘したる醜臣共をも
歌によみてんやさすれハ人もさとり安く志なきも道を辨へ恥をも知るへ
きと有けるに予も元よりその志ハありしに今日と暮明日と立至りて終に
三年の春にも立至る事こそ口をしけれつたなくたと〳〵敷ハ扠置き只々
志の及ふかきりをよみて見んとて思ひ立ける只々てにをはの違ひ調への
とゝのハさるハ申てせんなし抑元祿の古へ後世かゝる世のさまをもあら
かしめさとり正義士の鏡にもと思ひをこめて書置れし淺見翁か心尊くも
又ありかたけれ然るを上原叔正常によみ貯へ我ものとして道正しく從容

として死を待といふへし嗚呼不運ニして共ニ幽囚する事三年いまた出る期を知らす時に慶應三年卯二月五日よりよみはしめて同三月初めニ終る事然り

集内式部

源信善

〔第一附箋〕

此時之關係有志

藤井少進

大越伊豫介正道

桑屋元三郎

堀尾小太郎

貴田圖書

池村久兵衞

宮永良藏
本郷義堂
野村貢
井上友凉
鯉沼伊藏
後香川五位

〔第二附箋〕

有栖川宮諸大夫 粟津駿河守義風
鷹司殿同 青木右京亮吉順
醍醐殿侍 板倉筑前介
三條家 富田織部
元長藩 明闇寺玄同
山崎 寶寺探元

大津尾花川 川瀬太宰

大津 上原涸藏叔正

十津川 田中邦男道胤

同 深瀬仲麿

姫路 井田新之介

彦根 永源寺老僧

龍華院機外

筑用達 馬場篤次郎

安野楨藏

東福寺 長老觀海

長州 大野四郎右衛門直方

中ノ子孫太郎

同 同 榮次郎

同　河野彦兵衛
　　佐藤彦兵衛
　　外　二三人
銀山一擧　木村愛之介
同　三牧健介
同　伊東良太郎
　　村井修理少進
高野山　明源寺老和尙
妙心寺內　龍華院機外
長州關係之人

詠草六 四季雜

はるの歌よみける中に

つれもなく暮行としの宇治川や八十瀬の波にはるゝ立らん

鶯ハまた音つれぬ年の内にはるゝ立枝のうめ咲に梟

またれつるはるゝ來にけりひとゝせの冬の日數も殘り多きに

梓弓弦喰しめしものゝふの今朝よりはると立かすミかな

はる來れハはるのこゝろになりにけり我みのうきハしはし忘れて

今朝見れハゐそかちしまもかすむなり外國かけて春や立らん

立そむるはるのかすみに添ふものハ衞士かたく火の烟なりけり

去年といひ今としといはん中そらに立舞ふ雲そみのたくひなる

今朝見れハ立田の山もかすむ之夜はにやはるの越て來つ覽

寒暮す淺澤水の薄氷打出ぬなみにはる風そふく
梓弓はる立今日を松原や霞渡れる天のはしたて
立はるのいつとハあれと今朝ハまつかすみそめたる大比叡の山
はるの立しるしはかりと三輪の山かすみ初たるかとの神杉
をしみつる年ハ昨日の山路さへ今朝ハかすみて鶯のなく
去年といふ名も昨日にて今朝ハまたかすむ軒はに鶯のなく
もしは燒けむりニ今朝ハ立かへてはるの印にかすむ浦々
伊豆の海や沖の小しまのかすむ日ハそことも分す箱根足から
打出のはま松風もかすむなり浪と共にやはるハ立らむ
ふりさけて聞も長閑く朝ほらけかすみをもるゝ鶯の聲
いつくしま浪も今朝よりかすむなり黑木の鳥居あけの玉かき
梅か香を風のたよりに告遣らぬまた春知らぬ谷のうくゐす
咲梅の匂ひ妙なるうつし繪に月ハほくらし曉のまと

とる筆は扱も及はし有明の月に寫せる窓の梅かゝ
ふけぬとて筆打遣れハ梅かゝの折しも匂ふ曉のまと
梅かゝハ集ぬ雪に匂ふなり月もさしそふ曉のまと
としの内に鳴鶯の聲もかなまかきの梅ハとく咲にけり
日のめくる南の窓のあけほのに春は立枝の梅咲にけり
はる立てまつ珍敷く吹風に匂ひそめたる軒の梅かゝ
はるかすみかすむ竹むら梅はやしところ〳〵に鶯のなく
鶯もとくねさめせよ梅かゝに月もさゝそふあかつきの窓
曉のまともる月の梅かゝに夜るさへなかん鶯もかな
梅かゝハ夜るの衣に染ならんひとりあるみの友となるへく
吹まよふ夜はの嵐も薫るなりいつれを梅とさして尋ん
梅かゝの匂ふさかりを尋ぬれハたゝ大かたハ花もちりかた
人ならハそよとはかりの音もせめ枕に通ふ夜はの梅かゝ

明暮に思ひこそ遣れすみた川此ころ梅やさかりなるらむ
折々の花ハあれともすみた川梅さくころハ梅そ多かる
咲梅の匂ひハ風にあらはれてかすみに包むはるのよの月
降雪にこゝ
ふり暮らすはるの雨夜のさひしきニ匂ふかすみの袖の梅かゝ
おくれても行へきものよ手折つる人よりあとの袖の梅かゝ
梅かゝハそことも分すかすむよを有とやここに春風そ吹
鶯もねくらはなれてあたゝかき谷ふところの梅に鳴なり
長閑なるはるのこゝろはさたまりぬ今朝鶯の聲を聞つゝ
竹むらに鳴鶯の聲聞ハ世のうきふしも思ハさりけり
竹むらに鳴鶯ハうきふしも知らて浮世の春やみるらむ
鶯のはるのしらへも世の外のあはれもこもるその丶竹むら
青柳のいともも長閑きはるなから鶯ならてくる人そなき

我宿のいつもと柳いつよりもなひきかたよりはる風そふく
小あゆつるはるになれはや松浦川きしの柳も糸たれにけり
梅さくら匂ふあたりのはる風を柳にのみハ吹せてしかな
花に暮月に明してはるハ只風の柳のいとまたになし
春の日に木々のこのめのもゆれハや柳の糸の打けむる覧
ふく風に岸の柳ハむすへともとけてなかるる春の薄氷
青柳の糸ハみとりに結へともとけてなかるゝ春の沫雪
吹風に結ふ柳の糸よりやはるのにしきハ織はしむらむ
春風にやゝ打とけて薄氷なかるゝかたになひく柳か
今日も又妹か袖ふる春雨に野邊の若菜ハいろ付にけり
春の野に若菜つめとや吾妹子かひち笠雨ハ今日も降らん
明日ならハ若菜つまんと思ふ野を白くなしたる春の沫雪
さひしさを我山まとにふりこめて雫もかすむ雨の夕暮

これそこの春の名殘かさほ姫の霞の袖にはる雨そ降
雪も漸々消れハもゆる若艸に飛火の小野ハ雨そゝくなり
我山に歸るからすの鳴聲もしめり渡りてはる雨そふる
朝かすみ霞と見れハやかて又雨になりゆくはるの山もと
はる風に打出る浪の立かへりまたひまもなく氷るいけ水
はるの立かすみの衣重ねても寐られぬはかりさゆる春哉
打出て程もへなくに白なみの又立かへりこもる春かな
桃さくら咲るを見れハはる〳〵と越ニし山のかひハ有けり
はる立てまつ珍らしく吹風にとくるこほりや千代の若水
はるの海鹽ひるかたの磯邊にハ人はかりこそみち渡りけれ
小倉山ミねの早わらひ春寒ミまた大かたハつちこもりして
はる風になひく柳の糸にこそ人の心のよりもそひけれ
答へてハ又もこたふる山彦に鳴音數そふよふことりかな

かきりなき思ひも見えてあはれなり小田の蛙の夕暮の聲
有明の月ハ雲井に照なからむら雲まとひあわ雪そふる
さま〳〵の野邊の遊ひハ盡せともまた日ハたかし春の此ころ
梓弓はるの日數を積儘にのこり少きみねのしらゆき
久かたの天の光りも長閑にてあたゝかき根にはる風そふく
さま〳〵の遊ひのみをはつくしつみ小松ひきてもあかぬ春かな
浪花かた堀江の蘆のめもはるになりにけらしなかすみたなひく
なにハかたかすむ入江の夕なみにあしかり小舟こきかへり見ゆ
冬深く殘りし雪ハそれなからかすみに消る遠の山もと
曉の老の寐覺の友もかなかすむ月夜を見つゝ明さん
あたゝ(か脱カ)き谷ふところを心あてに花の乳房を尋ねてそゆく
きゝすなく岡のかや原深けれと猶子を思ふ道ハありけり
はる深くみし紫のいろを又夏にかけたる藤なみのはな

おり立てわか汲今朝の若水に千歳のかけや先うかむらん
あら玉のとしの數そふ歡ひにへりゆくものハ命なりけり
よめといふ名をハおふせて昨日今日とのゝ若菜たれかつむらん
咲梅の花もこゝゆへ月もかすむかと思ふはかりに匂ふそらかな
長閑なるはるの光りに猶もれて殘る木曾路の谷のしら雪
世と共に古川のへの柳原名にこそたてれ若みとりなる
さかぬまも中々よしや櫻はなちりての後のうさを思へは
待程の心深さを思ひ遣れまたいろ淺き庭の初はな
嬉しさをかすみの袖につゝませて花ハほゝゑむ春の此ころ
よしの山みねの嵐にふもとまて下り立雲ハさくらなりけり
風渡る花よりさきにちるものハあはれと思ふ心なりけり
櫻はな匂ふあたりハよきなゝんかすむハはるの習ひなれとも
越ゆけハ袖こそぬれゝ滋賀の山霞む朝明の花の下露

ちりはてゝ人かけも見すなりぬへし我かくれ家の山さくらはな
すき通る月の光りに咲はなの露さへひるの心ちこそすれ
吾妻路の千里の道のそれならて花のもとにも日數へにけり
山の井に移らふ花のかけ見れハはるハ淺くと思ほへなくに
つまことの音にな歸りそ櫻はな尾上の松に風ハ吹とも
踏分し去年の深雪を思ふかなはなの盛の三芳野々山
移り香の袖の匂ひに夜るも猶花のこかけニ立心ちせし
うなゐ子か歌ひ手たゝき遊ふ之月の影そふ花の下かけ
摺卷の板になしても比ひなき櫻ハはなとめつるのみかは
咲はなの噂も今をさかりにて八重九重に匂ふはるかせ
夜るも猶花に分入こゝろかなよしの初瀬を思ひねニして
咲殘る枝も嵐の山さくらまた昨日今日ちりもはしめす
よしの山また夜深しとたとるまに棚引渡る花の横雲

大そらハ花にしらみて横雲のそれかと見しもさくらなりけり
八重ひとへ花も匂ひて九重やかすみのほらハ霞こめつゝ
よしや日ハ暮なハ暮れね櫻花此夕はえをいかて見捨ん
櫻はな物ハいはねと夕はえの氣色を見せて人をとゝむる
櫻花よその詠めとなるたにもねたしと思ふにましてちる時
いさこゝに今宵も寐まし春のよの月も宿れる花の下かけ
殘りなく櫻か枝に積れともまた打とけぬ花の白ゆき
よしの山去年のしら雪ふみ分て入にし時もかくそ有ける
咲はなにあかぬハ人の眞心と知りてや月のてりて見すらむ
思ひねの夢のたとちにちる花ハをしむこゝろのまとひなる覧
はる深く積れる雪ハ三芳野々よしのゝ山の櫻なりけり
立隔つかすみの奥を尋ねても花にはてなきみよしのゝ山
山里ハかすみにこめて夕からすかへるつはさに花やちるらむ

嵐山常盤の松を隔にて花ハ雲なす春の此ころ
雲とのみ人や詠めん嵐山花を隔のまつなかりせは
嵐山吹も拂ハて昨日今日むら立雲ハさくらなりけり
花見れハ花面白く月みれハ月もをかしき春のよのそら
月見れハ月面白く花見れハ花なつかしき春のこのころ
奥山の春の名殘の末見せて花のなみたつ谷の川水
かきりありてちるハ浮世のさかなれと猶をしまるゝ花のいろかな
明星のかけたに照らせ思束な此あかつきに花やちるらむ
大井川ちりそふはなに棹さして春の深さのかきりをそしる
待程のこゝろつくしも有ものをちるにハはやき山さくらかな
勝又の池のしらなみかつハ又ちりそふ花のかたみとも見ん
人しらぬ奥山櫻ちりぬめり谷の小川に花そなかるゝ
雪と見し花ハちりゆくこのもとにみとりを分て匂ふ藤なみ

千萬を重て松にかゝるらん龜の尾山の藤なみのはな
したひこしはるの名殘もつきなくにはや入逢のかね聞ゆ之
春深くみし紫のいろを又夏にかけたる藤なみの花
花鳥にあこかれにしや今さらに思へは春もうたゝねの夢
吉野山花の名殘もつきなくに春さへ暮る入あひのかね
誰か里のはるにうかれていそくらむまた口こもる鶯の聲
若艸のつまさへこもる春の野にあはれきゝすのほろ〳〵と鳴
長閑なるはるの光りハ燒かねとももゆる習のはるの若艸
夜もすからふりしハ雨の音なから雪こそつもれ花の下かけ
夜るハ猶月にこかれて咲匂ふ梅津桂の川つたひせし
中々に老の寐覺の嬉しさハ曉にきくひはりなりけり
やかすとももゆる習の若艸につなかぬこまも處はなれぬ
春風に櫻ハちりて山川のなみの花こそさかりなりけれ

今朝よりハはるの命と久かたの日の若宮そかすみそめたる
呼こ鳥さのみな鳴そ夕暮ハさもいそかれて道の遠きに
たれとたか枕の上に通ふ覽匂ふかすみの袖のうめか香
咲匂ふ花につれなきかりかねハ紅葉のみや心そむらむ
關とめし池の水口くち〳〵に騷く蛙のあかつきのこゑ
つはくらめとらぬを人の情にて子ハ巣立までなりにけるかな
鶯もなく〳〵谷に歸るらむなれにしはるにいまハ別れて
入逢のかねの響にはる暮て世ハさひしくもなりにけるかな
今日ハ又はるの別となりにけり初瀬の寺の入逢のかね
咲はなの噂もきかぬひとやにて憐今としのはるも暮にき
紫の雲のかけはしこれならむ咲わたしたる谷の藤なみ
見渡せハ谷の藤なみ咲にけりこや紫の雲のかけはし
雫さへ今日ハかすみて淋しきハ我山里のあめのゆふくれ

かの岸に匂へる藤ハむらさきの雲のゆかりと見え渡るかな

ちるか上にちりそふ花ハふるか上に友まつ雪の心ちこそすれ

見渡せハすまも明石もおほろにてかすみに曇る春のよのつき

九重やみはしの櫻ちりにけり今朝ハ雲井の雪と見るまて

たれとたか枕の上に匂ふらん風より告る夜はの梅か香

黒谷御親兵大監察夏見眞藏　小監察小川數馬両人か國事にて久敷大津に幽囚せしを予病中思ひを起して大津縣の參謀板倉筑州ニ是を解かん事を議して共に獄舎ニ立合速ニ詰門罪なきを以て両人を連歸りし時よめる

救ふへき道を尋ねて夏見川清き心の底をしも見よ

君よとく汲て知らなん淺くとも小川の水の清きこゝろを

此時大津高觀音といへる山に花を見て

篠なミやしかの浦風吹かぬ（ねとカ）るも花なのみたつ春のこの頃

咲花の雪ハ日毎にふりつみて春ハ深くもなりにけるかな
昨日今日さも心なく吹風に花を世になき物となしつる
櫻鯛ひれふる春の海原になみも花さくはるのこのころ
打よせて歸らぬ浪と見ゆるまていそ山つゝき花咲にけり
春の海鹽干るかたのいそへにハ人はかりこそみち渡りけり

夏の歌よみける中に

人みなにはるの別れをゝしまれて殘るかはなのこゝろ強くも
はるすきて古巣に歸る鶯を待てや花の咲殘るらむ
夏來てもまた朝風のみにそしむ逢坂山の杉の下みち
大井川なかるゝ水に影見えて浪もうつきの花咲にけり
都鳥遊ふすみたの川淀に帆風涼しく夏ハ來にけり

舟つなくすみたの岸の柳かけまた風寒し夏の夕暮
墨田川させとも棹ハ及はねと夏ハ淺くも見え渡るかな
咲し花の雲のまとひも立消て靑葉になりぬ紀路の遠山
山里の柴の若はをちる月もまた影寒きなつのこのころ
妹かきる薄紫のすり衣ころもたかへすあふちさくなり
花樗咲や梢の朝風に落ちるはかり鳴ほとゝきす
藤なみのいろとや立もまとふらむ匂ふあふちの花の薄雲
世と共にくもる鏡か池水を又にこらせる五月雨の頃
照れハまたやかてぬくへき池の樋もなみになりゆく五月雨の頃
のかれ來て我すむ山の山水もにこりはてぬる五月雨の頃
晴ぬへき氣色の杜と見し程に又かきくらし五月雨そふる
五月雨の日をふる儘にこり積し軒の眞柴も殘りすくなき
七かはり變りて見ゆる紫陽の花の姿やあはれ世の中

日かけにとたのむくぬ木の一枝ハ月を宿してよるも凉しき
夕からす歸れハやかて曉のかねになりゆく夏のよのそら
人ハみなよりてこそ來れ夏引のいとゝ清水のわくにまかせて
久しかれあたにちるなと朝夕に我かきなてしこの花そこれ
夜をへつゝ待ともなかぬほとゝきす我に初音やをしむなるらむ
しはし此よを卯の花にかくるとも名乘りていてよ初ほとゝきす
月清み荒磯なみに音信て鳴こそ渡れ山ほとときす
伊勢島や雄島のいそに引あみの目にこそ分ね鳴ほとゝきす
ほとゝきす初音を告よこゝろなき石も物言ふ小夜の中山
時鳥またもや鳴と思ひ遣る程ハ雲井の夜はの一聲
丹波路のみねより雲をかけ初てあたこのみねにふれる夕立
水鳥の鴨の川風吹そひて月の氷りを碎くすすしさ
吾ものと見れハなつかし同し根を分て植つるなてしこのはな

朝夕の露の情を乳房にて我手を添へしなてしこのはな
久しかれあたにちるなと朝夕に我かきなてしこの花そこれ
露やこれ乳房なるらむはゝそ葉の茂る垣根の撫子のはな
とり分て植しハ同したねなから我かき撫しこの花を見よ

秋のよみける中に（歌脱カ）
日かけにと夏ハたのめし桐の葉もあるかなきかに秋風そふく
かり衣染てハきすよ朝露にすそ野をゆけハ荻か花摺
軒近く植まし物よ淋しさを集めてさハく荻のうハかせ
吹ハちりふかねハ宿る白露の定めなきよや荻の上風
吹風の止むまを露のいのちにて秋ハ宿かる軒の荻原
さらぬたに淋しき物を荻の風夕暮はかりふかてやみなん

男へし匂へる野邊の女郎花いかなるいろに露ハ置くらむ
秋風のつれなく吹や拂ふ覽まねく尾花か袖のなみたを
はし鷹のきりふの尾花穗にいてゝまねくたもとに秋風そふく
藤袴誰かぬき捨てゝ歸るらんまた朝露ハむすひなからに
むしの音よ花よといひて藤袴たか昨日今日きつゝ見つらむ
移し植て詠むる菊の花よこれいろかはるとも心かハるな
山里の賤か軒はにはふ葛のはなハ咲ともくる人ハなし
秋風に庭の糸萩咲にけり今よりかけて錦織るらし
尋ね來て今としも秋や宿るらむ軒はの荻の靜ならぬハ
露をたに結ひもはてす藤袴きて見る人もあらし吹夜ハ
男へし匂へる野邊のかりり枕露の宿かせ萩か花つま
かるかやの亂れて物を思ふ夜ハ我袖にこそ露ハ置けれ
亂れゆく世にふるもののハかるかやのせきもとゝめぬ涙なりけり

今朝ハはや嵐の音もかはるなりあはれ秋こすまの浦なみ
何となく桐の一葉ハ落にけり實ニ昨日今日秋立らしも
天の川渡りおほせて織姫ハ今宵いかなる夢かみるらん
秋風ハ雲井をかけてすさへともなひかぬものハ萩の花妻
吹儘にやかておのれも枯ぬへし余りみにしむ荻の上風
月艸の花摺衣我やきん移りゆく世をなけく余りに
秋風をまねき盡してよはたらむ結ふ尾花か袖の夕露
朝またき露ちる小野々秋風につらぬきとめぬ玉の緒すゝき
うしといひ嬉しと聞し秋風も今ハ野山に吹盡しけり
花妻と名によふ荻ハにしきせりおのか操をたてぬきにして
結添し竹ハ亂れて中垣に菊のみたてる庭の秋風
立田山にしきをつゝむ薄絹ハ紅葉に置る今朝の初しも
月艸の花を見るにも歎くかな只とにかくに移りゆく世を

朝かゝみ取る手もよそにみつるかな移る習の月艸の花
誰か為そ思ひ消なて鴈かねハうき中そらに文字をかくらん
山彦に我擣音の響くかと思ふハよそのきぬたなりけり
秋立て夜寒の嵐ふか（ぬ脱カ）夜も鹿の音聞かぬ曉そなき
須まの浦や松を秋風ふくる夜に浪も夜も打増りつゝ
さひしさハなみたにかこちふる雨の雫ひまなき秋の夕暮
物思ふ夜はの枕の秋風になみたそゝかぬ曉そなき
うつらふな庭のしらきく代々をへて我もとゆひに霜ハ置とも
我宿の菊ハうつらふ庭の面に又咲出る霜の初はな
白菊の花のかさしを元結に霜の置・（と脱カ）や人ハみるらむ
久かたの天の川なみよると見ん雲井の庭のしら菊のはな
立こめてそことも分ぬ夕霧に雛の菊の露重るなり
久かたの天の川なみゝ

元結に霜や置らんしら菊のかさしを移す今朝のさかつき
露霜の結ひ爭ふ巾垣に亂れて匂ふ白きくのはな
咲きくの花を秋風吹からに音ハなくしてよする白なみ
白なみのよすとや人のとかむらん手折盡せるませの村きく
打よせて歸らぬなみハ白菊の匂ふまかきかしまにそ有ける
島の名の籬に咲る白菊ハ寄せて歸らぬなみかとそ見る
秋ことに見るそ嬉しき咲きくの花も我みもかはるいろなく
年ことにかさして遊ふ白菊ハいつの世かけし契りなるらむ
朝露にぬれなから立白鷺のそれかあらぬかその〻むらきく
結そへし竹の籬のふしことに千代をこめたるしらきくのはな
和田海のかさしの玉とみゆるゝなみたつ菊に置るしらつゆ
手すさひに植し籬の白菊ハ今や咲らむ故郷にして
立まとふ籬の菊の霜の上を有明の月の上にみるかな

風騒く籬のきくハ白妙の妹かたもとをふるかとそ思ふ

菊の上に夜寒の嵐音さえて籬の露の置ハかつちる

菊の上に置そふ露のしら玉をこほさぬ程の秋風もかな

菊の上に置そふ露の玉なから折てかさゝむ袖ハぬるとも

霜結ふ御垣の菊ハ白妙のいもかたもとをふるかとそ見る

ふりさけてみねの紅葉のいろ添ふや誰か織初し錦なる覧

久かたの照日や影を分つらん片枝いろこき庭のもみち葉

打なひく岸のもみちのかけ見えて水の底にも秋かせそふく

山川のきしの紅葉に風越ていろかはりゆく水のしらなみ

紅葉々に照そふ月ハ山姫の錦の袖にかけし玉かも

明日またハちりもやせんと村しくれふりはえて織る山のもみち葉

常盤なるものそと見しを紅葉々のちりかゝりつゝ松を染けり

久かたの月の光りもさやかにて紅葉ちりそふ木かくれのやと

よそにのみみねの紅葉のいろ添ふや夜るの錦の比ひなるへき
紅葉せぬ艸こそなけれ立田山梢を拂ふ今朝のあらしに
かけ移る岸の紅葉に風あれて梢を洗ふ水のしらなみ
枝なから見るへき物を袖かけて折ハかつちる山のもみち葉
紅葉ちるにしきの上にまとゐして今日山姫に別れ告たる
もみちちる立田の川にすむ魚ハ秋のにしきの織繪とそ見る
紅葉ちる桂の川の筏師ハつゝりの上に錦をそきる
置あえぬ露の情の淺けれハまたいろならぬ山のもみちは
奥山の岩かきもみちまれにたに見る人なしにちりぬへしなり
露霜のいかに置はは松をさへ染て句へる蔦のもみちは
つたかつらかゝる山路にまとひ來て猶奥深き紅葉をそみる
たか爲の手向の神ハ請ぬらん紅葉ちりそふあけの玉垣
照そひていろこきものハ夕日影高尾のみねの紅葉之けり

立交る松のけむりの中に又もえていろ添ふ山のもみち葉
朝風に晴行きりの絶間よりほの〲みゆるみねの紅葉々
いつとなくもゆるもみちの中にまた烟立そふ小野々炭かま
大井川なみの綾さへ立そひて錦をちらす山おろしの風
紅葉々の妙なるいろも有るものを雪ハ野山を薄粧ひして
する墨にかれか物とやなりぬへき風よりさきの山のもみち葉
さゝなみや滋賀の都ハ霧こめて秋風たかし大比叡の山
すまの浦や松を秋風吹かぬ夜ハなみこそなけれ衣打なり
露深き艸の庵の夜るの雨に賎か小衣打しめりつゝ
月の影出入山の秋霧を羽風に拂ふ天津鴈かね
とふ人も嵐の庭の露の秋月見る外のなくさめそなき
夜もすから擣衣の音の聞ゆるや寐覺の里に打ハなるらん
三日の原夕をかけてかゝる艸のとかまハ月の光りなりけり

有明の月の光りも空に消て霧に音する宇治の川浪
世を捨てのかれ入たに有ものを月ハ山より出てこそくれ
夕暮ハたと〱しとて月影の光れハくたる秋の山みち
旅衣すそ野々露の深き夜にたもとかたしき月を見るかな
秋ハ尚所やめてゝ久かたの月も明しの浦にすむらむ
月ハ猶玉より清くすみのえやなこの浦邊によする白浪
淋しさハむくらか宿の秋の月人こそとはねむしの聲々
秋風の音も靜けき軒はよりもる月影も小夜更ニけり
さひしさを同し心に堪かねてむくらの宿そ月にとはるゝ
分て行千草か花のいろ〱に露さへ宿る秋のよの月
稀にのみ夜はの擣衣の音つれて月靜かなる嵯峨の山かけ
月すめハ思ふかきりの詠めよりうきハよそなる山かけの里
人とめぬ宿ハ尾花に埋れて月靜かなる山かけのさと

吉野山ふもとの里ハきりこめて風より晴るゝみねの月影
吹おろすみねの秋風小夜更て霧の上ゆくありあけの月
かくれてハ又あらはるゝ久かたの雲間またらの月のさやけさ
大そらハ廣きかきりもなきものをいかて月影雲間行らむ
置露の玉の光りに影見えて月もはてなき武さし野々原
見渡せハ行衛も知らすはてもなく月こそすめれ武さしのゝ原
我里をくもらす霧の上を又照らす雲井の月ハ有けり
霧こめて曇りなからに照月の空ハさやかに秋風そふく
さゝなみや滋賀の浦風末みせて晴るゝ雲間の月のさやけさ
あふみ路や瀬多の長はし長き世のためしをこゝに月ハすむ覽
礎に昔を見せてあはれなり世を古寺の秋のよの月
月影に消行星ハあかねさす朝日にあへる露かとそ見る
やかて又月の宿りとなりぬへし人にハかくす袖のなみたも

故郷の古き軒はに宿りけりしのふに余る露の月影
なかれてハ帰らぬ水にかけ見えて今宵も更る秋夜月
見渡せハ行衛も知らすはても又浪路はるかにすめる月かな
詠め遣る雲間の月の影も又秋ハことなる光りなりけり
明日ハ又秋のなかはもこゆるきのいその浪間の月のさやけさ
住の江の浦のそりはしさかしまに移れハかはる夕月のかけ
さひしさハ賎かつま木の音もなし深山の奥の秋のゆふくれ
さひしさを外山の霧に隔たれてかこつかたなき秋の夕暮
こぬ人をまつより外のいろもなし思ひつもりの秋の夕暮
咲はなにつらき心を紅葉々に深く染たる天津初鴈
忘られん物とも知らて秋風を寐屋の扇の何まねきけん
蠏みてハかつらか枝を枝折にてあしへの田鶴の鳴渡るらむ
かたをなみ月の出鹽の浦風や雲井にすめる鶴の諸聲

誰か越へて山路の露ハ拂ふらん尾花かもとの虫の聲々

冬の歌よみける中に

冬されハみねの椎柴しハらくも止まぬ嵐の音そ寒けき

寒る夜の千鳥の聲にねさめして音に鳴ものハ我みなりけり

艸の家の軒もる月の寒けれハ寐すて聞ぬるあかつきのかね

神な月はつかの月も更にけり人の往來の絶るのみかは

霜むすふ草の庵の夜嵐にかた敷袖もこほるひとりね

よそに見て人や笑ハん寒けれハねられぬ儘の老のくりこと

散か上に猶ちりそへて紅葉々の錦をたゝむ・〔木脱カ〕枯のかせ

立田川うきてなかるゝ紅葉々のにしきをかつく浪のをし鳥

妹か手をとろしの池の薄氷いかにむすひて春を待らむ

久かたの天の川なみ氷るらし川原の霜そ置まさりぬる
旅人の笠宿りするひもなし時雨のあめのあしのはやさに
北山のくもると見しか初しくれやかて都もふりにけるかな
我かちに人ハ騒きて双六のいちを爭ひふるしくれかな
こよみたにもたぬ深山の山かつを驚かせてハふるしくれかな
吹風も南にかはる音すゝ晴るゝしくれの明かたのそら
殘りなくちりゆく風のもみちはや又こん秋のいろを染らん
旅人の門たかへしてたゝくかと思ふハ夜はのしくれなりけり
雪ならハ老たる駒も追へきに道こそ分ねちれる紅葉々
谷かけハちる紅葉々に道もなし木曾山おろしいかに吹らむ
間なくちり間なく流れて行水を紅葉と共に人や汲らむ
中々に音なし川となりにけり水は落葉の下をなかれて
紅葉々のちりも積りて山川の色こそかはれ水のしらなみ

立田山風のくれたる家つとハ袖にちりこむもみちなりけり

曉の老の寐覺のさひしきハ拂ハぬ庭に紅葉ちるころ

有明の月にちり行紅葉々ハつれなき物のかきりとそ思ふ

故郷ハいかにとはかり思ひ遣る空もかきくらしゆく・[し脱カ]くれかな

こゝろある人にとはゝやしくれ降鳴立澤の深きあはれを

夕しくれいかにめくりて淋しさのかきりをすまの浦にみすらむ

もらさしとふりゆく雲の夕しくれゑそか千島の果も染らん

大内の山のやまかせ吹儘に處せきまてもみちゝるなり

紅葉々をよせてハ拂ふよ[マ]せてハ拂ふ枯に道こそ分ね志賀の山越

大かたに後れて落る椎の實のそれかと聞ハあられ之けり

分れこし秋ハ昨日の山路さへいろかはりゆく神な月かな

神な月今日もしくれて山川のなみを染たる風のもみちは

すみ渡る月に紅葉の錦さへ重て匂ふかけそくまなき

人音ハ雪に靜まる深き夜に加茂川千鳥鳴渡るなり

小夜更て天の川にや通ふらむ雲井はるかに千鳥鳴之

野も山もひとつに積る雪を又ふたい（つカ）にしたる加茂の川水

降添へて雪も友まつ深き夜に雲間の月の影さゆる之

降行ハしくれはかりと見し程に雪こそ積れみねの松原

靜けさハまたきにくいのあともなし雲井の庭の雪のあけほの

雪深み小野々炭かま道絶てけむりより外のほらさりけり

數へこしうき年月の夫にさへ別るゝまても暮にけるかな

あしろ木の日をへて寒し衣手の棚上川にふれるしらゆき

立向ひはなつ矢玉もかくはかり我のる駒を打あられかな

いそくとて我のる駒のくらつほに霰た走るあふ坂の山

今朝も又寒さに酒やあたゝめん紅葉ちりそふ庭の霜かれ

かくれ家の軒の山かせ袖ひちて結ひし水も氷るころかな

山里ハ落葉に道もなかりけり紅葉の後ハ人しとハねは
さかの山日を積む雪に埋れて嵐の宿る松か枝もなし
いそくとて誰れかハ越んふる雪に横をりふせる小夜の中山
年なみのよる瀬に深く歎くかなはるをはるとも思ひはてなて
ふみ分て見し其折のいろもなし霜に移らふ野邊の撫子
吹止めハ野山の霜となりにけり實に寒かりし木枯のかせ
吉野山みねのこからし吹儘に木の間の月そもり増りけり
霜分て都に出るあき人の氷魚よと呼ふ聲も寒けし
うなゐ子か眞袖にとめし玉霰その嬉しさの數も見えけり
珍らしと今朝しも見しをはしめにていかにふる夜の霰なるらん
淺からぬ水のこゝろを操にて今年もなるし池のをし鳥
廷火たくあたりの霜も打とけて神や聞らむ夜神樂の聲
ふみ分て見し其折のいろもなしあしたの草の雪のあけほの

雪深きたかねの松の夜嵐にひとりすみたる冬の夜の月
降雪の下にうもれていろもなしつまんと思ふ澤の根せりハ
紅葉々もともに氷りてくゝり來る谷間の水の音もやみにき
いつとなく音さへ絶て薄氷夜毎に結ふ瀧のしらいと
ひたとひハ日かけにとけし雪をまたつら〴〵にしたる軒の糸水
寒けさハ笘吹拂川風にあかつき近く千鳥なくなり
水さへもかるゝ川邊のあしのはに夕風騷き千鳥なく之
くまもなく月すむ空の友ち鳥桂か枝の霜に鳴らむ
玉あられ槇のはたゝく音更て寐覺の里に千鳥鳴之
百千舟入江の松ハ埋れて雪をくもてにもやひとる之
紅葉の匂へる妹かたもとさへふりていはそにむらしくれかな
薄絹の上著とやみん紅葉々の錦の袖に置る初しも
鳴むしよ花よといひて分て見し跡ハかれ野々霜の通路

賤か家の前の棚はしふみ分て誰か通ひけん霜の消々
久かたの月の氷となる儘に天のうきはし霜や置らむ
すむ月のさゆるを見れハ久かたの天の川原も霜や置らむ
來んはるを隣になして柴の戸ハしは〳〵物もいそかさりけり
つれもなく暮としのなくさめに聞とやこゝに鶯のなく
御築地の内ハ春めく粧ひに猶いそかるゝ年の暮かな
神な月紅葉ちりしく袖の上にしくれふる日ハいとゝわひしき

國事のことによりて西國に下りける時また其外旅の歌ともよめる中

二

旅衣立重ねけり九重の都を雪のふるさとにして
ことさらに花を咲せる雪に又袖ふりゆくも面白き（なかしかりける）かな

冬さへもいとゝ伏艸白妙に野にも山にも雪ハ降つゝ

黒染の名さへうもれて時ならぬはなも匂へる雪のしろ妙

河風に夜はの千鳥の音つれて伏水の夢をさましつるかな

かりてほす浪花のあしの束手緒も切るゝはかりに霰打之

浪・かた芦のかりふき風寒て霰ふる夜も旅ねしてしか

風寒る入江の芦間こき分て行や小舟の跡のさゝなみ

寒けさハ笘吹拂ふ川風に曉ちかくちとりなくなり

勝間田のとゝろか池をかゝみにて誰か姿みの橋ハ掛けん

なき清水なき名々たてそ勝又のとゝろか池の水のしら浪

かつ又の池の上なるなき清水いかに別れて末ハあふらむ

雪降ハ久米の皿山さらに又面かはりせり久米の皿山

つみ綿ニのせてを見たる玉しまや雪にみかける冬の夜月

かり寐して艸の枕に美作やさらに今宵の月そくまなき

雨ふれハ細谷川に水まして白浪たかし吉備の中山

古への名殘も見えて憐之須まの浦家の軒のたれすに

浪華かたあしくなとりそ國の爲身を盡したる深きこゝろを

吹風に秋の氣色ハ見ゆれともまた浦の名の阿月ころかな

ふりさけて見れと及ハすえにけり雪を日を積むかつらきの山

冬されハ寒ハいとゝ正木ちるかつらき山のみねのしら雪

秋風の吹初しより鹿の音を軒はに聞ぬ曉そなき

荒鹿のあらき心に堪かねて折々さけふ聲そかなしき

天の下に名もかくれなき宮しまの鳥居の笠木としふりニけり

雲霧の猶包めはや世の中をよそに三國の山といふらむ

黑澤や分なき道を分暮て旅ハうきてふがきりをそしる

此山中に山猫すみて人をとり喰ふといへり又水蛭樹の枝にすめり人の足音を聞て上より落又山にわくひるハ足よりのほるえ

夜る〳〵ハ人を喰てふ山猫のひるさへ多き山路なりけり
名もたかき駒なき山にこまハあれとかち路のみねハかちにてそゆく
まつならハ琴の音をたに聞へきに槇木立山のこからしの風
月か瀬や千もとの梅を鶯の初音なからに移してしかな
琴彈の松をはるかせ吹ぬ日ハ霞のみこそ棚引にけれ
荒磯のなみの響のたか・れ（か脱カ）ハいつこにゐてもよるハきこゆる
集めてハうみともなりぬ五百重山木のはの雫谷の下みつ

戀の歌とてよめる

誰もみなまよふと知トてまよへるや戀といふもの丶習ひなるらむ
たのめつ丶來ぬハ我みのとかならし今宵も待て心くらへん
待わひて今ハ待たしと思ふさへ幾夜になりぬ人のつらさと
片糸のむすほふれても見えなくにあふ夜も知らに月日へにけり
いのりても受ぬを神の誠そと思ひ知りぬる人のいつはり

有明のつれなき影そ宿りけるうき別路の袖のなみたに
夢ならて逢夜ハあらし起ふしに思ふこゝろも現ならねハ
春の海ひろふあわひのかひなきハともに思ハぬ契りなりけり
かき遣りし文字のせきやハ絶ぬともふみたに通へあとの印に
はてハ又よそにやみると行末のこゝろにかゝるみねのしら雲
くろかねのきつなにつなく獣のはなれかたくも思ほゆるかな
いかにせん駒もすさめす駑人も夏野々艸の茂き思ひを
朝夕にとるとハすれとますかゝみ心をひとに移すころかな
戀しさを増みのかゝみともすれハ人の心のくもりもそする
いかにせん駒もすさめす駑人も夏野々草の茂き思ひを

詠草幷幽囚記

慷慨歌集

軍曹　源　信　善上

文久二戌年九月十一日祭主藤波家奉幣使として　伊勢神宮へ發遣此日於禁中御神事此日高松三位保實卿御供ニ而はしめて日御門より入りて南門の內承明門の前を行けるに艸深くして御袍の御袖に露のちりけるを見て

淺ましや雲井の庭の艸の露か丶らぬみにも袖ハぬれけり

山里の賤かふせ家の內たにもかくまて艸のたねハ生しを

大內の山の下艸ひく人もなくてふりそふわかなみたかな

元治元甲子年六月頃より長州の兵士去年八月十八日の事に依りて禁中へ歎願のこと有りて洛外伏水嵯峨山崎所々に屯集同七月始メ兵士の形勢を見んとて嵯峨の鳳林寺といへるに詣て丶

隔てこし世のうき雲を攘ハすハ嵐の山もかひやなからむ
秋風の通ふ嵯峨野々幡荻なみたつまてもなりにけるかな
人ことのさか野々奥を來て見れハ所せきまて匂ふ秋萩
同十七日有柄（栖カ）宮御親子を始奉り長州の事件に依種々御諫奏あらせられ其外大炊御門右大將家信公中山大納言忠能卿を始として六十八人の公卿殿上人等連署建言御諫奏有と雖も終に用事なく是上に中川宮等の奸徒妨くるか故ゝ同十八日夜半過る頃御つめ空敷ひらけて御殿に歸りて西四辻公業朝臣と共に物見の高殿に登りてはるかに嵯峨山崎のかたを見遣りて
かゝり火の光りもくらく更る夜にあな思束な八はた山崎
いまた夜も明さるにはるかに炮の音響きけれハ
かはるよと見えし雲井の氣しきよりやかて玉ちる荻の下風
同しく十九日いまた夜も明はなれさるに炮の音間近く聞へて禁門の

騒ハもとより町々の騒動大かたならす

冬ならハ霰とやみん玉走る中立賣の明かたのそら

乱るへき世の糸口となりにけり萩のにしきハ折もはてなて

生死の堺を今日と軍ひて御築地内の軍はけしも

同日未の刻頃なるへし禁中御常の御所當りも軍卒みち〳〵て既に内侍所も御動座にて　主上も御動座あらせらるへき御氣しきにて一橋中納言ハ甲冑にて御所中を往來し其外會津桑名を始め階下ニ腰打掛今にやとまつ御庭にハ御鳳輦御板輿をかき居へたるを見るにも目も暮心も消るはかり悲しくて涙とゝめかたし殊に此騒に乘して御鳳輦を彦根の城に向け奉るの聞へ有るか故にことにはむねいたみぬ然るに諸卒の中にも會津の兵士御所中にみち〳〵て或ハ樹下にふし又ハ水邊に足をひたし或ハ甲笠を枕とし刀鎗を提専ら暴威を逞ふするハ傍に人なきか如し彼もろこし宋明の世に外夷共か彼王の都にせまり

しも斯や有けんと思へはなみた止めかたし
夷らか襲ひ集る心ちしてあないまハしの今日のけしきや
然るに彼奸物とも頻りに御動座をうなかし奉るといへとも終にその
こともとゝまらせ給ふと聞て
動きなきものとも知らて大内の山もりいたく騒きつるかな
天地もとゝろくはかり騒けともゆるかぬものハ大内のやま
去る程に軍同時に起りて炮の音天地にひゝき川裂山崩るゝか如し
大路行車のきしる音にさへ驚くはかりなりにけるかな
火ハいよ〳〵盛んにして禁中も既にあやふく見えて市中ハ唯一圓の
猛火となり男女東西になきまとひ軍卒南北に走る
焼すてゝ艸も殘さぬ九重に人の歎きの茂りそふかな
火のことく犯しかすめて九重を焼野になしし武士ハたそ
扨長門の兵士所々に乱て今日を限りと戦ふ有様ハ萩の盛りに野分の

吹起りて露(はな)のちるか如し

秋萩の花すり衣誰もきん大和にしきのこゝろ(さ)こそすれ

あはれとハたれか見さらむ秋風に乱れてなひく萩の下露

秋風ハさも吹はなけ乱るとも又や結はんはきの下露

防長の有志所々に乱れて戰死す

猛きそのみのあやまちに破りけんまた織はてぬ萩の錦ハ

折そめし萩のにしきハ故郷にきても歸らすなりにけるかな

思ひ遣りて言はの花の露を今日手向てこゝにとふ人そわれ

夜ハ主と共に禁中に明して

かれを思ひこれを歎きて明かぬる夜はの涙の玉敷の庭

大空ハ火にこかりて月の光り紅の玉のことし

燒立るそらの光りに久かたの月の光りもいろかはりぬる

市中ハ一時に焦土となりて男女ちまたニなく

九重の町ハ燒野となりにけり人の歎の茂りのみして
日ニ添ひて人の歎の茂るかな艸も殘さす燒し都ハ
礎に昨日を見せて今日ハ又瓦のことく碎てそゆく
　軍卒家ニ入て財を盜み金をとりて其跡に火をさして燒くその暴惡譬
　ふるに物なし
吾袖ハかはきもあへす白浪のかゝりける世を打歎つゝ
　猶その燒たる跡にぬす人來りて殘りの財をとらんとす
世の中をうみのうねりのあまりとやよる〳〵越る沖津しらなみ
　其頃有志之建言に曾侯之暴惡木曾義仲北條時政ニも越ると書るを見
　て
音に聞木曾山風も民艸の枝折るゝまてハ吹かて絕にし
音に聞きそ山風の烈敷も民艸まてハからささりけり
時まさに越て烈敷秋風ハ枝折るゝ萩の下葉にそしる

同しとしの秋思ふこゝろありてよめる

あるハとひ又ハかくれて光りなき星の林に月ハすむらむ

久かたの月ハさやかに照せとも星ハ光りもなきよなりけり

出る息入る息ことの荒ましも世を歎くより外なかりけり

はり詰し大和心を梓弓たゝ一筋に思ひいるかな

同年霜月十八日長州追討の軍はしめと聞て

罪なきを討たにあるを今日といふけふをはしめに軍せんとや

かけまくも今日新嘗の祭りとも吾妻男ハ知らすかも有らん

鳴神の音さへ間なくふる雨に豊の明りハ名のみなりけり

元治二年丑七月十九日幽囚中によめる

此秋ハいかに咲らむ去年の今日野分にあひし萩か花妻

甲子四五月の頃より冬に至りて常野両州の騒北越の事件に移り都まても騒かしかりしに武田田丸の人々加州の軍門ニ降れりこハ水戸一

橋の両卿敕命ニ違背して攘夷せさるを憤りて起れる處終に加州の手
より幕府之諸吏ニ渡して天下の義士を非命に死せしむ

武士のかゝみとやみんみなの川なかれて淸きみつのみなかみ

吹拂ふ筑波おろしの烈敷にいよ〳〵淸し水のしらなみ

筑波山峯の嵐の烈敷にもろくもちるハこのはなりけり

やかて又木のはのことくちりぬへし筑波おろしハ烈しかりけり

水といへは浪ハ立ぬる習そとよそに汲ても知らるへきかな

有志の人々非命に死せるをいたみて

さしもやとたのみつるかのかひもなくいかゝかはりし人のこゝろそ

よしや人東風吹かせハ荒くともいかて返しのなくて止むへき

武田々丸といへることを物の名にして

たけかたき梢の雪もこち風の荒く吹にハたまるものかは

人心かはりつるかの浦みても今ハかひなき世をいかにせん

元治二乙丑年三月廿三日高松左兵衛權佐實村朝臣石清水八幡宮臨時
祭の舞人にて下向有此時御供にて下向

宮人のともしつれたる松の火に匂ふ八幡の山さくらはな
久かたの月もすみつゝ咲はなに匂ひ添たる糸竹の聲

花傘の作りはなを手折て人に遣すとて

そのかみも思ひ出られつ八幡山御幸なりにし花の面影

德川家康將軍の貳百五十回の神忌とて宮方堂上諸官人等日光ニ下向
之時高松實むら朝臣の御供にてともに下りける時よめる歌

都出て艸津の里の艸枕かり初ふしの夢そ姫かき
かり初にむすふも嬉し艸枕草津のさとのはるのあけほの
見返せハ都ハ遠くなりニけりはるも今ハの入逢のかね
はる深くちりそふ花を雪と見て袖ふりゆくも面白きかな
ともすれハうしともいひし都さへ旅にしゆけハいとゝ戀しき

卯月朔日近江路にかゝりて

今日ハはや春の名殘も盡はてゝ旅人急く入あひのかね
人ハみな夏の姿となりにけり春ハ昨日の入あひのかね
移りゆく鏡の山もくもれかし旅のやつれの見えもこそすれ
するゑハまたのむかけともなりぬへし夏にかけたる藤なみの花
故郷を遠く詠めし山を又跡になしてもすゑそはるけさ
九重の都ハいつら思束なこゝろあてなる山もかくれて
木々ハみな若葉のいろに春暮て老そのもりハ夢も結はす
深山邊ハ桑の若葉もまたしきに朝風冷し夏ハ來ニけり
はるすきて夏の日數ハつもれともまた風寒し木曾の谷かけ
ふりさけて御嶽のみねの白雪ハ去年より殘る雪にそ有ける
都にて誰かハそれと詠むらむこゝに木曾路の峯の白雲

甲子の冬水戸の武田此所を渡りしと聞て

大田川みなきる水の沫の上に消にし人の面影そたつ
上ヶ松の驛此所に浦島子の故跡とて有
浦島か深き契りも夢なれや寐覺のあとを見るに付ても
浦島か昔かたりとなりニけり寐覺の床の深き契りも
山川の深き契りも夢なりとみを浦島か寐覺しつ覧
都にて名殘なりける花を又木曾の山路の奥にみるかな
奥山の木々の下露谷の水なかれ〳〵て木曾の大川
唐人の燒し山路もよそならし木曾の谷まにもゆるつゝしハ
今ハはやみとりのいろに染かへよ夏にかけたる瀧のしらいと
高根より繰て落せる糸水に小野々瀧津瀬人もこそよれ
駒か嶽山より山にかつ見えて高ねの雪ハ夏もふりけり
夏衣木曾路を行ハ雪ふりて面白けなる駒か嶽かな
不二のねハ雲井のよそにかつはれて松風たかし鹽尻の山

見んと思ふ不二ハ雲井にかつ消て夕風清し諏方の海面

みんと思ふ不二ハくもりて鹽尻の山路ハたかし日ハかたふきぬ

言のはハ及ひもつかし久かたの天よりなれる雪の不二の根

都にハ花の名殘も夏衣木曾路ハ今そさかりなりける

桃さくら匂ふを見れハはる〳〵と越て木曾路の山そかひある

煙立淺間か嶽の淺ましやいつまてもゆる思ひなるらむ

世の中ハかくこそ有けれ思束なさぬ寐覺の朝ゐよりして

深田なす笛吹の山のぬかり道いかにわひしき限りなるらむ

雨そゝく笛吹のみねのぬかり道たとり〳〵て小夜更ニけり

大平山といへるに水戸浪士屯集せし事を思ひ出て

屯しゝ人ハ昨日を昔にて青葉にこもる大ひらの山

大平の山のふもとを我ゆけハ雲井はるかに筑波山見ゆ

山高みむすふ氷も白雪も夏さへとけぬ黒かみの山
百敷や古るき軒はそ歎かるゝ二荒の宮を見るに付つゝ
二荒山ふたゝひ宮ハ動かしと立し柱もたのみすくなき
二荒山宮を思へハ天皇の居まし所ハ小屋のわらふき
大君のことハ思ハて二荒山ふたつともなき大宮はしら
祭こともかひやなからむそのかみの掟も水のあはれ世の中
百敷や古き軒はの歎かれて二荒の宮ハふためとも見す

中禪山の瀧を見て

唐人の長きしらかにくらふれハまた黒髪の山の瀧つ瀬
黒髪の山の瀧つ瀬年を經て白き筋にそなり増りける
年をへてたれか織らん山水のわくよりなれる瀧の白いと
深山路や雲ふみ分る夕暮に聞とも分すあか鶯の聲
物としてかゝれとそ思ふ高根より落ても絶ぬ龍の糸水

山うはかその白かみをふり乱しあらふとみゆる瀧の糸水
初聲を聞ハ戀しもほとゝきす都のそらもかくや鳴らむ
　實むら朝臣に杖を切りて參らせけるにつき給ハさりけれハ
ことさらに君か爲にと切る杖を捨るハをしし突ハ物うし
わひしさをたれにかとかん村雨のふり乱りたる黑髮の山
　江戶に出て後よめる
今ハはや枝もろともに打攘へ大樹のかけもたのみすくなし
武さしのゝはらハぬ袖の露霜に消かへりても世を歎くかな
猛かりしその鎌倉のいにしにときかへしても夷討たハや
風吹ハ沖つしらなみたちまちに打攘ハなんしこの夷を
競へこし武藏さかみの强き名を昔にかへせ物部のみち
夷らか振舞みれハ武藏野々はらわたをたつ心ちこそすれ
　不二を見てよめる

かくて世にふるぬるものハ不二の雪の夏をよそなる姿なりけり

晴曇るたかねの雪をすかたにてしは〳〵かはる不二の芝山

鏡なす田子の沼水清けれと不二の姿ハ今日も移らす

晴ゆけハ松風たかし清みかた三保の浦邊に移る不二の根

同し年の冬國事のことにつきて西國に下り侍りける時よめる

旅衣立重ねけり九重の都を雪のふるさとにして

ことさらに花を咲せる雪に今朝袖ふりゆくも面白きかな

伏見にてよめる

冬さへもいとゝ深艸白妙に野にも山にも雪ハ降つゝ

黒染の名さへ埋れてときならぬ花も匂へる雪の白妙

浪花に下りて

河風に夜はの千鳥の音つれてふしみの夢をさましつるかな

かゝりてほす浪花のあしの束手緒も切るゝはかりに霰降之

浪花かた芦のかゝりふき風寒て霰ふる夜も旅ねしてしか

風寒る入江のあしまこき分て行や小舟の跡のさゝなみ

寒けさハ笘吹拂ふ川風に曉ちかくちとりなくなり

　美作の國かつまたの池にて

勝又のとゝろか池をかゝみにてたか姿見の橋ハかけゝむ

水鳥のうき巣やいつら勝又のとゝろか池の水のしら浪

なき清水なきなゝたてそ勝又のとゝろか池の水の白浪

勝又の池の上なるなき清水いかに別れて末ハあふらむ

　み・さかの國にて（ま脱カ）

雪ふれハ久米のさら山さらに又面かハりせり久米のさら山

つみ綿にのせてをみたる玉しまや雪にみかける冬の夜の月

かゝり寐して艸の枕にみまさかやさらに今宵の月そくまなき

備前の國にて

雨降ハ細谷川に水まして白浪たかし吉備の中山

攝津國に歸りて

古への名殘も見えてあはれ之すまの浦屋の軒のたれすよ

浪花潟あしくなとりそ國の爲みを盡したる深きこゝろを

防州阿月の浦にてよめる

吹風に秋の氣色ハ見ゆれともまた浦の名のあつき日の影

大和國にて

ふりさけて見れと及はす之にけり雪に日を積かつらきの峯

夕されハ寒ハいとゝまさ木ちるかつらき山のみねの白雲

藝州嚴島にて

秋風の吹初しより鹿の音を軒はに聞ぬ曉そなき

荒鹿のあらき心に堪かねて折々さけふ聲そかなしき

天の下に名もかくれなき宮島の鳥居の笠木としふりにけり

豊後國三國峠といへるにて

雲霧の絶すたてはや世の中をよそに三國の山といふらむ

黒澤や分るき山を分暮て旅ハうきてふかきりをそしる

此山中ニ山猫すみて人をとり喰ふといへり又水蛭樹の枝にゐて人の

足音を知りて上より落又山に居るひるハ足に付之

夜る〳〵ハ人を喰ふてふ山猫のひるさへ多き山路なりけり

豊後より日向に越る時

名もたかき駒なき山にこまハあれとかち路のみねハかちにてそゆく

まつならハ琴の音をたに聞へきに眞木立山の木枯のかせ

日向國にてよめる

井の宮の千もとの梅を鶯の初音なからに移してしかな

琴彈の松をはるかせ吹ぬ日ハ霞のみこそ棚引にけり

荒磯のなみの響のたかけれハいつこにゐても夜るハ聞ゆる

赤江川にて

集めてハ海かとそ思ふ五百重山木のはの雫谷のしたみつ

○　はるの歌よみける中に　詠艸六

浪花かた堀江の芦のめもはるになりにけらしなかすみたなひく
なにハはたかすむ入江の夕なみにあしかり小舟こきかへる見ゆ
冬深く殘りし雪ハそれなからかすみにきゆる遠のやまもと
曉の老の寐覺の友もかなかすむ月夜を見つゝあかさむ
あたゝき谷ふところを心あてに花の乳房を尋ねてそゆく
咲殘る枝も嵐の山さくらまた昨日今日ちりもはしめす
きゝすなく岡のかや原深けれと猶子を思ふみちハありけり
はる深く見し紫のいろを又夏かにけたる藤なみのはな

戀の歌よみける中に

何となく心に物のをかしきハこれや戀てふはしめなるらむ
つれなさハ幾夜になりぬ一日たにみねハ三とせと思ふ習ひを

つれなさの余りにぬるゝたもとかなたのめぬたにも待ハならひを
今にして思へはいとゝ淺かりき只あふまてのうらみなりしを
そらに立うき名もつらしふしの根の雲より上のけむりならねと
かそへこし曉ことのかねの音ハとしのかきりとなりにけるかな
下り立て我汲今朝の若水に千歳のかけや先移るらむ
あら玉のとしの數添歎ひにへりゆくものハ命なりけり
たらちねにみそはにありし時たにもたよりすくなく思しけんかな
まれにたに花ハととはん人もなしふりにし宿の軒のたちはな
よめといふ名をはおふせて昨日今日よとのゝ若菜たれにつむらむ
八重ひとへ花も匂ひて九重やかすみのほらハかすみそめつゝ
咲ふめの花ゆへ月もかすむかと思ふはかりに匂ふそらかな
芳野山また夜深しとたとるまにたなひき渡るはなのよこ雪
大そらハ花にしらみて横雲のそれかとみしもさくらなりけり

よしや日ハくれなハくれねさくら花此夕はえをいかて見はてむ

さくらはな物ハいはねと夕はえの氣色を見せて人をかへさぬ

さくら花よその詠めとなるたにもねたしと思ふにましてちるとき

いさこゝに今宵もねまし久かたの月も宿れるはなの下かけ

殘りなくさくらか枝につもれともまた打とけぬ花の白ゆき

よしの山去年のしら雪ふみ分て入にし時のこゝちこそすれ（そかつハ有ける）

咲花にあかぬハ人の眞こゝろと知りてや月の照てみすらむ

思ひねの夢のたとちにちる花ハをしむこゝろのまとひなるらむ

はる深く積れる雪はみよしのゝ芳野々山のさくらなりけり

長閑なるはるの光りに猶もれて深谷の雪の猶殘るらむ

よとゝもに古川の邊の柳原名にこそたてれ若みとりなる

思ひ遣る程ハ雲井の月影を袖に宿さぬ夜はもなきかな　○

道絶て今ハ人めをはゝかりのせきあへぬものハなみたなりけり○

便りあらハあまのいさり火ほのめかせうらみにしつむ歎じぬとハ○
忘られん物ともしらて秋風を寐やの扇のなにまねきけん
高砂や暮る外山の松風を入逢のかねに吹合せつゝ
鹽みてハかつらか枝を枝折にてあしへの田鶴の月に鳴らん
かたをなみ月の出鹽の浦風や雲井にすめる鶴の諸聲
のかれ來て我すむ山の山水やうき世にまたもなかれ出らむ

山科出雲守か禁中橘の枝之とて送られけるを

手折こし雲井の庭の橘ハ桂の枝のこゝちこそすれ

今城中將殿より上樣のかさしにさし玉ハせける藤の作りはなりとて被爲下けれハ

天皇のかさしにさしゝ藤なみの深き惠をいたゝき奉る

西四辻公業朝臣と滋野井公壽朝臣と攘夷の事にて大和國へ脫走之時御迎ニ參りて京ニ歸りぬ其後かの殿ニかりに仕へまつりけり其時よ

みて給ひたる
手束弓矢竹にのみハ思へとも世に數ならぬみをいかにせん
大和川今ハ思へは水のあわのきゆとも我みかへし物を
信よし御返し
中々にうき名やたゝん大和川かへらぬ水に沈みはてゝハ
公槃朝臣
行なみの立かへらすハ大和川なかれてはやき名をや流さむ
歎くそよをしからめしと思ほへし其いにしへを今に返して
高松公村朝臣九才の御時歌よませ給ふよふにと頻りにすゝめ奉りけるによみ給ひたる
とこの間に椿庭とこ琴ひけはひはとふた有にけるかな
庭の面にとまる鶯しをらしや今朝鳴聲の長閑えけり
滋野井公壽朝臣によみて奉りたる

誓すと小指押切ぬる血いろもかはかす黑[墨カ]も干なくに

朝臣御返し

數ならぬみにはあれとも今更に誓しことのなにかゝるへき

花も又ちるへき時にちるものをなからへし我みこそくるしき

信よし御返し

花も又ちるへき時にちるものと思ひ定しみこそ安けれ

三好林田氏之追悼

武士はみなかくこそと忍はるれちりし若木の花の二もと

文久三亥年十月六日西四辻公業朝臣と共にしくれの歌よみける朝臣

のよみ給ひし

紅葉せし梢の秋の跡絶て松に殘れる木枯のかせ

心せよ梢はかりといふ程も中々袖にふる嵐かな

信よし

秋暮て今朝ハ葉守の神な月しくれと共にふる紅葉かな
さひしさを我すむ軒に音つれてめくる外山の夕しくれかな

車中落葉

小車の中にちりそふ紅葉や小折にたゝむ錦なるらむ
小車の我ニハなくて紅葉ちる嵐の山に牛や向けまし
寒けれは笘もる夜はの雫さへ氷りて落る淀の川舟
風寒てこゝ夕浪高く浪花かた浦の笘屋に掛る白雪
なにハかた浦の笘屋の船待に日数さへふる庭のしら雪
打よせて歸らぬ浪の名殘かと見ゆる眞砂の霜そ根深き
なみの上に月ハ氷りて行舟の笘の雫はつらゝ也けり
動かさるためしとみ代の九重や大内山のみねの松原
小車の物見の小簾の夕風にちりこそつもれ山のもみち葉
紅葉々のちり敷秋の夕暮や物見車の處せきまて

公業朝臣

木からしに向ふ車の打出も袖もにしきの下たかさねせる
村しくれめくる車の下すたれすそこも分すふるもみちかな
にしき人よ心にいつか住の江の岸根の艸のたねハまきけむ
戀しなむ心をたにもいかにしてつれなき人におもひしらせん
　未孰甚赤面至極候揔而落題而已ニ致し添削宜數賴入候

公業

雪降ハみな白妙となりにけり黒木の鳥居あけの玉垣
降雪にたれかハ何を祈るらむ鈴の音寒き加茂の御社
かゝけても消ぬみかりを命にてよにかくれ家のまとのともし火
よの中を有か無きかに明暮て影猶薄し窓のともし火
としへぬるかひこそなけれ文みても猶よにくらき窓のともし火

公業朝臣

たれもみな世をは祈るか男山今朝ふる雪に跡しけくして

榊はに立舞ふ袖のかけまくも雪よりしらむ加茂の神かき

尋來てうきをのかるゝかくれ家にかくれぬものハまとのともし火

まかふへき色とも見えす中々に霜に移らふしらきくのはな

かり住の蓬むくらの　心あてにものこるきくかな

誰とたか枕の上に匂ふらむかせより告る夜はの梅か香

なかれせて門田の井出の水音にふるとハ知りぬ夜はのはる雨

明くやとてまたれにけりな艸枕こゝろ關路の夜はの鳥かね

尋ねこし都の人ハ聞なれぬ軒の嵐に寐さめせしとや

九重やみはしの櫻ちりにけり今朝ハ雲井の雪とみるまて

行空はまた末遠き旅の道そかひになして歸るかりかね

見渡せハすまも明石もおほろにてかすみに曇る春のよの月

みちのくのこかね花咲山もかくありとやここに匂ふやまふき

清水せく門田の筒井深艸ゐてすむともいさや知る人のなき
人の子に旅ハさせしと思ふまてうきも數なる草枕かな
紫の雲のかけはし是ならん咲渡したる藤なみの花
見渡せハ谷の藤なみ咲にけりこや紫の雲のかけはし
雫さへ今日ハかすみてさひしきハ我山里の雨の夕くれ
かの岸に匂へる藤ハむらさきの雲のゆかりと見え渡るかな
いたつらに袖のみぬれて契り置し末のまつ山なみそ越ける
人ハいさそれとも知らし忍ハれてへにけん年やいくつなるらむ
ちるか上にちりそふ花ハふるか上に友まつ雪の心ちこそすれ
なれ衣きつゝみるめハかつけともあはすハ何のかひか有へき

ある時公棄朝臣によみて奉りたる

君となり臣となりぬることのねハ松の嵐や吹あはせけむ

朝臣御返し

松風のしるへしなくハ我ことの音に通ふへき聲やなからん

出雲風土記の中宮永芳久か後鳥羽天皇隠岐國へ遷幸之御時三保崎にて修明門院へ御書を參らせ玉ふけるときの御歌に　しるらめやうき三保崎のはま千鳥なく〳〵しほる袖のけしきをとよませ給ふけることを書て此事を思ひ遣り奉れハ我黒髪もさかたつはかりと書り猶芳久の歌にそのかみのうき三保崎のはま千鳥あとしのふにも袖ハぬれけりとありけるを見て信よし

うき雲のかゝるむかしを思ふにも我黒髪ハ猶さかたちてと

狸の腹つゝみ打うた

月に打たぬかつゝみもさゝ竹の露のなさけに乱れそめけん

古へを忍ふの露ハさもあらめ世さへみたるゝ秋のはつかせ

秋風の吹初しより古へを忍ふの露ハ猶みたれつゝ

唐衣うら珍敷き秋風に昔しのふの露そ乱るゝ

古へハ猶忍ハれて物そ思ふ老の寐覺の秋の初風

公棄朝臣

ちりうかふ紅葉をかつく鴉鳥のうきねの床や錦しくらん

むさゝひの傳ふはかりをみとりにて猶雪重にみねの松かえ

堪て聞軒はの風の音もせす中々さひし松のしら雪

忍艸末葉の露を命にていたつらにのみ袖そぬれぬる

うきなか（ら脱カ）朽やはてなむ浪花かた茂き芦間の海士のつりふね

しろしめす我天皇の四つの海八しまの浦の浪も靜かに

信よし

水鳥の遊ふ入江のみなれさほなれてハさすか羽たゝきもせす

乱るゝといひこそ遣らね年へぬる心のうちにしのふ文字すり

八幡山峰の松かえ埋れぬ今も御幸のあとゝみるまて

君か代を何にたとへん久かたの月日と共にかきりなけれハ

有明の月ハ小まとにさしなから一村騒く初しくれかな
木枯ハ拂ひ盡せる山本にさす月清したそかれの宿
水鳥の鴨の川風吹添ひて月の氷りを砕くすヽしさ
鳴むしよ花よと分ん人もなし嵯峨野々奥の秋の夕暮
誰か越て山路の露ハ拂ふらん尾花かもとのむしの聲々
降雪に道こそ分ね雨露を凌くはかりの野邊のひとつ屋
さひしさハ野原か末のひとつ家をひとつになしてつもる白雪
嬉しとて聞曉の鳥か音とたかきぬ〳〵のなかに聞らむ
　山科出雲守曰先年大洲侯の江戸の邸に被預候節自然死罪等被申付候
節ハ先ニ死なんと思へと刀なし故に思ひ付て風邪と僞り半紙を貰ひ
小よりをよりて十六打になして二筋よりはらに巻置き首をしめて自盡
せんとせし其時よみし歌とそ聞
たく繩に結ひあはせし玉の緒ハとけぬ思ひの終りなりけり

信よしか歌

ひとりねの思ひやいかにつらからむ雪に羽たゝく池のをし鳥

水鳥の浮巣の床や拂ふらむ折々寒き雪の羽たゝき

かり人の艸ひき結ふかけもなし雪に日を積むむさし野々原

鷹すうるこふしも寒しかり衣ひも夕暮の小野々白雪

いたつらに今宵もいたく更ぬるかたのめぬたにも待ハ習を

たのめ置て來ぬハ我みのとかならし今宵も待て誠くらへん

加茂社家藤木何某か歌よみこしける返し

音に聞別いかつちの宮人と共になりゆくことそ嬉しき

明暮にあふひの艸の千代かけてかはらぬいろの契りともかな

鏡山くもれハやかて夕立の雨になりゆくいかつちの音

立よりて見るまもいさやかゝみ山くもれハはるゝ夕立のあめ

小泉筑後守年賀

年をへてみつ子に歸をおさな名を又來ん千代の初とハみよ

新嘗祭の御幸を拜し奉りて

尊とさの余りをみせて氷るらし雲井の霜に落るなみたハ
庭火たく雲井の霜の夜神樂を只打とけて神やめつらん
武士の矢竹心もいかならん夜はの御幸の御神樂の聲
寒けさハいと丶眞砂の霜の上に雲井の月を詠めつるかな
尊とさに落て氷れる白玉ハ御幸待まのなみたなけり
衞士かたく光りにやかて消ぬへし構の上に霜ハ置とも
寒けさハいと丶眞砂の霜の上に恐れかしこみ月を見しかな
宮人の袖寒からし著衣それとも分す雪ハ降つ丶
人とはゝ何とこたへん久かたの雲井にすめる糸竹の聲
雪ふれは木ことに花も咲ものをはるにとはかり思ひけるかな
嬉しさに恐れかしこむ霜の上に落るハ何のなみたなるらむ
世の中ハをかしき物よともすれハ宿のためきにくすへられ筒

春秋歌集跋

抑我皇國ハ天地開けし時より皇紆連綿として地球中ニ獨立し神德明かに下萬國を照らし天皇の神武四海にあふれ古よりして他を征したる事ハあれとも外より征せられし事なし聊か弘安の難有みゝと雖とも神怒忽に烈風を起して粉のことくに碎く然るニすきし嘉永六年丑六月夷國船渡來此方古今未曾有の大患無限御國耻を釀し物價沸騰生靈永く塗炭の苦しみを請天變地乱ニ移り或ハ地震し或ハ日照りとなり又ハ洪水の愁を釀し或ハ衆星飛ひ乱れて國乱をしめし或は春日の神鏡破裂又ハ内侍所の御鈴無故ニ落而破裂すといへり其外擧て數へかたし實に天下の災害是より大なるなし依てハ　天皇深く被爲歎攘夷の勅諚度々に及ふと雖も幕府征夷之職に乍居敢而勅ニ不應幕吏輩彼秦檜王倫か心を旨とし或ハ虎狼の暴威を逞し或ハ醜夷か虚喝之勢煙ニまとひ或ハ偷安因循之情ニ流私ニ和親交易を許す爰ニ至て暴政を極め宮大臣を幽蟄し三家三卿親藩外樣之内或ハ天下之

有志憂國の人等ニ虚名之罪を加へ或ハ偽て幕府攘夷之直書幕吏連署之建白を以かしこくも和宮を申下し候抔實ニ不臣之道不盡方なし爰ニ至て中國西海南海ハ元より諸藩大ニ震ひ起り薩長土之三藩殊ニ勝れて憤發天下之形勢を内奏して大原左衛門督關東ニ勅使幽囚之旁（マヽ）を氷解し公武御合體攘夷を令し政事變革之事を命幕府受之其後再度爲勅使三條殿姉小路殿關東ニ下向幕府從來之不臣を正し名分を明らかに成し攘夷之事を嚴令す此時既ニ三藩ハ元より諸藩追々上洛君側之諸奸を攘ひ或は幕吏之奸を切り又ハ交易ヲ成す之姦商をほふり或ハ慷慨之有志天下ニ竪横して幕威大ニ衰エ士風モ又大ニ變す建言投文日夜不止然るニ亥年三月幕府（家茂之）初度上洛續而攘夷御誓願として加茂下上之社行幸其外諸社へ奉幣有右行幸供奉關白殿下諸堂上官人武家ニは將軍を始として諸藩供奉猶石清水行幸此時神前ニ而攘夷之節刀可給之所將軍虚病を構へ供奉斷り依之　天皇逆鱗人心幕を見下ス猶大和國行幸神武帝御陵御拜軍議可被爲在とえ然るに中川宮會

薩等之奸謀ニ依而八月十八日俄ニ大變動を生し堺町御門警衛長州之兵士を被退依之三條卿以下七人長州へ脱走其外國々關係之諸役等被止參内依之皇都之騷動不大方然れとも諸人其故を不知爰ニ至ッテ宮堂上卅余家幽囚之此時既ニ大和ニ於て諸浪士勤王を唱へ大ニ動乱續而但州生野ニ一擧をかもす是攘夷之不被行か故之此前五月十日攘夷之敕諚を重し期限を不誤夷艦を攘て天朝賞之ニ御旗を以す然るに去年八月無故ニ敕勘を蒙りしを歎て甲子六月長州之兵士洛外ニ來る屯集種々歎願有之然れ共奸徒妨之終ニ用事なく故ニ憤激之徒怒りニ不堪終ニ七月十九日之動變ニ室市中一時ニ賊藩之爲ニ焦土となり此時も又雲上廿四家幽閉此前後常野二州之騷き漸々冬ニ至り北越之騷となり其響京地ニ震動積雪正義を埋メ春ニ至り氷雪と共ニ軍氣解く且又尾老公諸將を卒て中國藝州迄下向之所長州因循之論發して三老臣之首級を献して大ニ謝罪幕令五ヶ條を請爰ニ至老公浪花ニ歸陣然るニ幕府之命長州父子並ニ七卿を具して東下を命す然りと雖

も尾公委任之命今度之所置如何ん共致しかたし然るを朝廷尾公を召し猶關東ニ敕して曰將軍上洛之上至當之所置を可加之命有此時閣老松前豆州宮津白川等上京兵庫開港之願意幷ニ歩兵を以九門警衛ニ易ん事を奏ス此ヿ關白殿ニ於て嚴重御差止メ夫ゟ續而日光之神忌として宮堂上地下官人日光へ下向此事漸く終りて後五月廿四日將軍進發長州追討として下向此軍裝を以參內被相願候得とも不相叶同廿六日浪花城へ下り之先陣摠督紀伊中納言井伊榊・(原脫カ)を始として中國ニ向ふといへり然るに我幽囚之起りと申は抑將軍上洛之事ニ依而兼而京大津膳所邊之間ニ於而將軍を討之策も有之哉之風聞有りと尤膳所にて之事件有と或は地雷を發して將軍を膳所城中ニ討之抔之說まち〳〵之よし扨會津之命として暫時尋問之事有之趣にて新選組といへる無頼之惡徒大勢高松殿ニ來り應接遂ニ六條之惡徒か巣穴ニ連られ種々之難題を問掛無躰にむち打剰へ皇國之御爲兵庫開港御面無之樣申立其外書類等を奪ひ公武之間を離間する抔と申立責問しは〳〵

我生來愚成りと雖も誓而勤王之志を立生而は國恩ニ奉報死してハ忠義之鬼となり或ハ七度死七度生替るとも天朝と共ニ如何て夷を討さるへきいかて君之爲に死せさるへきと兼而ゟ思ひ定し上ハ今や死なんと思ひ定めて其事にも及ひしか又つら〳〵思へは死ハ一たんニして安く從容死に就かたしと左すれハ只々命をまたんにハしかしと思ひ定めて居たるに其後ハさまても責さりけり

猶同時に縛に就し矢野玄道近藤至邦之近藤と予とを幕吏へ渡し玄道ハ鳩居堂ニ歸し預之猶玄道と予と一所ニ居れり依而別れニ望んて酒を乞不許依而求水て呑て別るゝ死別を以す幽會を契りて故鄉の老母之事を賴み予ハ必無事之と告よ兄にハ其實を聞せよとて母ハ之かたみにとて著たる羽織をぬきて之をわたし則別る夫ゟ奉行所ニ出又六角之囚に送らる折しも雨いみしふ降月くらく今宵もや直に切ると思ひの外聞もいま〳〵敷切支丹と歟申囚ニ入る莚壹枚ツヽ添へる入る折しも夏なから寒くて夜もすか

ら或ハいかり又ハ不運を歎き是迄千辛万苦之志もとけす今日之事ニ至るを悲み慷慷之涙血となるかつて目をふさく事不能短夜漸く明たれとも雨ふりて闇き事夜るの如し扨共に絶命の歌をよまんとてよみたれとも筆も墨もなしゆへに紙の小よりをよりて夫を文字に作り上よりも紙を當て張附て見しに紙の中に歌のもし顯れたり此歌

今更に何か思ハん國の爲死ぬるハもとに歸るなりけり

つなかるゝ此みハうしと思ハねと待らん親に心をそひく

命をは物の數とも思はねと待らん親の心をそおもふ

いまはたにいかて動かん兼てより我ふり居し大和たましゐ

扨今ハ何時切られたりともよしとて互に笑ひ居たる内呼出したり夫より吟味所といへるにて六條にて問ひし樣を可申樣申ニ付其通りを申出置候處又と申て夫よりハ會所と申て役留メ之等抔かりニ入置場所にて牢外の獄舎之外々とハかはりて亥子前後國事嫌疑にて幽囚する人而已多く外々

の事にて居る人ハ少し扨其人々ハ有栖川宮諸大夫粟津右馬介鷹司殿之内青木右京亮吉順醍醐殿之內板倉筑前介三條家富田織部元長州之藩明闇寺玄同山崎寶寺ノ探元日向慈眼寺胤康大津尾花川川瀨太宰十津川田中邦男同深瀨仲麿姫路ノ井田親之介東福寺之觀海長老彥根永源寺老僧龍華院機外長老馬場德太郎安野禎藏長州之大野四郎左衞門中子孫太郎同學之介河野理兵衞等六人銀山一擧之士木村愛之介伊藤良太郎三新健介尙外ニ村井修理少進等外ニ姉小路殿御横死之節御太刀を持て迯去りし金輪勇抔と申いまく〱敷物も有之候得とも多くハ國事之人而已之日々義論大ニ盛んニ而して且揚り屋之村井氏ハ獄中第一之正義家ニ其外賊にハ對州之宗次郎とて薩州侯之連枝と號し大和邊にて幕を打廻し多分之家來を遣ひ大ニ賊を成しヽ者或ハ山井蝶二彥根之源六讃岐熊但馬之主税其外人殺し押入强盜等外窂ニは數を知らす居れり扨此所にハ國事の人多く居候ニ付書物等も澤山にて或ハ詩を作り歌をよみ繪を爲書又ハ今様を歌ひ樂之賦をしらへ

或は國事之議論又見込之策を立中にも其好む處ニ随ひて遊ひをなしたり予抔ハ日々歌をよみ十二三人程の弟子をとりて殊之外繁用其時之歌集ハ粟津氏ニ有り四五冊も有るへし扨其年之冬より春に至りて皆々疫といへる病ニかゝれり予も相病みて六十余日にて漸く全快には及と雖も大ニ衰弱致したり然るに追々出獄に相成候處予と大津故梅田源二郎之妻の弟上原洞藏寶寺探元と村井氏生野の三人而已殘れり其内日向之胤康も病死生野之三人も終に病に掛りて死す長州の大野中子已下も彼國へ送り殘る者ハ誠ニ少く成りゆき扨奸人ハ悪ますんは有へからすにくめハあたをなし候物にて金輪勇か讒言請なしと申候間替致し村井氏とハ向ふ合せにて日々國事之物語りニ晝夜を忘れ或ハ泣又涙にむせんて物語りを止むる事も多く在之或ハ題を一日替りニ出して歌をよみ其外尊攘新話胡蝶之陣法之書其外種々を寫取り又ハ慷慨詩歌集を巽み又一橋氏之罪狀を揚ケて一冊を認メ候抔様々有然るに卯年十月頃高松殿には御いとまニ相成候と申立

無宿とも之獄中ニ入たり出獄之上高松殿へ御義論申上候處決而左樣之事無之夫々御周旋之廉も相分り候ニ付而は幕吏之奸謀金輪勇等之讒訴ニよる處又吾か幕吏にこひざるか故之扠賊とも計りゐ候處へ間替大ニ難澁此所に銀山一擧之士伊東良太郎居兼而我名をしたひゐ候ゟ予を上席ニ直し師父之如くいたわり呉申候故ニ別ニ難澁と申も無之と雖も外とハ違ひ明ても暮ても賊共の咄しゟ外聞事なくして過しか又元の會所といへるに返し呉候て養生せし内彼金輪勇と申も首をはねられたり爰ニ宮川介五郎とて三條之制札場一擧と申て長州朝敵之制札を取除ケニ掛りて二人ハ即死宮川ハ深手ニて幽囚せしを予かいたはりて終に全快せしか此人予か外の獄中ニ居るをかなしみて衣類紙等を送れり此時の書の奥に宮川長春鎌倉の士のひとやにくらへても君か心の猛をそしる

右よみてこしたりしか是も霜月の末頃國へわたし其外極月のはしめより日々罪人の始末を附中にも極月七日頃右金輪勇も切られたり予入獄のは

しめより彼か惡事を大ニにくみ度々のゝしり耻しめ候處其恨を以て我をは讒せし之然れ共終に切れしハ誠に々々心ち能事之し同八日九日十日十一日と追々ニ片を附既ニ十二日ニ至り申候所右牢屋敷之近邊又ハ御所中ハ元より市中とも大騒動のよし此上獄中之者如何所置致し候哉と此噂のみ致し誠ニ諸藩薩兵をはしめ五卿も追々上京之風聞相聞大ニ相歡ひ居殊ニ村井氏にも度々文通大ニ相歡ひ被居候然る處十二日夕方迄ニ病人其外之者ハ夫々相ゆるし歸したり扨夕方村井氏の上下大小等之事迄聞合ニ參候ニ付冣早出獄之と自身ニも被相歡又我等も歡ひ居候處扨村井氏揚り屋を被出候よし如何と樣子を相待ゐ候處會所之人足あわたゝしく走り來りて只今村井樣を三度ニ切て首を落し候と申ニ付靜ニ其樣子を聞候所村井氏を吟味所の横手を裏の土たん場のかたへ連參候よし依其方へは可參之儀無之の趣被申候よし然るを強て引立參候内早拔身にて跡より走り行切り付候よし村井氏も今ハと思ひ　今さらにいかて何々と被申候内又二の

太刀三の太刀にて首を落し候よし然るを其掛りの寄騎三人程吟味所の上より見て笑ひ居候との咄しゝし其内追々樣子を聞候處彌以暴殺致し候ニ違無之誠ニ殘念千萬實に憤激ニ不堪之至此上は國事の者にてハ差詰メ吾等之上原か探元成るへしと元より覺悟ハ兼而之事なから只今迄ハ村井氏之出るを歡ひしに手の裏を返して直ちに決死之姿ニなりぬ兼てハかくも有んと思ひしに只今忽ニ我みの上となる事實に無念の至りゝし扠夜ニ入て陣羽織著したる二人鎗をもたせ其外寄騎同心何程と申數も不知とやく\と入來候哉否哉諸方の獄中をからく\と明させ夫々呼出し候所何れも賊とも殊ニ兼而切らるゝへしと心當りニ致し候者共之然れ共大勢取騷き口々ニ申候故何事を致し候哉一向ニ不相分然る處裏の土たん場へつれ行候趣にて「ヤアツト云ふと思へは斷頭の音致し候而已にて終に十一人を切りし而已にて其儘皆々引取り候樣子故當夜ハ是にて相止メ可申何れ明日にても跡ハ切るにやと噂致し居候處又々くゞりを明て大勢入込み來れり故に

寂早今宵ハ是迄成りと致候て心靜ニ決死のむねを定メ相待ゐ候處ハ安さの如く又々諸方の獄中を明夫々引出し候然れともいまた會所は明さる之處大勢入込み來り候ニ付すハ只今と相待候處ニ卯兵衞と申者を呼出し候此者一人にて又跡を〆たり故ニ我等ハ如何致し候哉と相考へ居候內六七人斷頭之音聞ゆ然る處亦々大勢とや〱と押來候ニ付誠に此度ハと存進みより待請居候處さあ〱皆々御免ニ相成候間勝手ニ出可中申立一人ツ、御禮ニ出候樣と申立繩ハかけ不申壹人々々よりき同心の前へつれ行候ニ付右ハ僞て切るなるへしと疑ひゐ候處追々に雜具をはこひ出候既に我等をも右寄騎同心等の前へつれ行一々名を申て右ハ此以後心得違無之改心致し可中申聞候之尤双方とも刀の柄に手を掛拔身の鎗をつき當中聞候猶又此上御上へ御苦勞相掛申間敷急度改心ニ相違無之哉と申聞否とも中さハ眞ニ切付可申之勢心中ニハ死すともいかて勤王之改心可相成哉ト怒りニ不堪と雖も改心可致と申て其處をのかれ夫より門外ニ出たれとも今更

とれへとも辨へ無之如何可致やと相考へ居候處へ阿州之藩岩井平次郎と申者之舍弟與一郎と申者ニ出會猶あれと略す

都を思ふてよめる

思ひ遣る程ハ雲井の月影を袖に宿さぬ夜はもな（き脱カ）かな

道絶て今ハ人めをはゝかりのせきあへぬものハなみたなりけり

たよりあらは（海士の）いさりひほのめかせうらみに沈む歎しぬとは

歳暮述懷

新玉のとしの數そふ歎ひにへり行ものハいのちなりけり

世とゝもに曇る今宵の月影になみたの雨もふるたもとかな

物思ふ夜はの枕の秋風になみたそゝかぬ曉そなき

さひしさはなみたにかこちふる雨の雫ひまなき秋の夕くれ

附録

勤王家巣内式部傳

述懐

國の爲こゝろはちゝに碎とも
ひとつもうせぬやまと魂　信善

紅葉見に
まかりて　國の爲死ぬるハもとに歸るさの
にしきハ山の紅葉をやきん　信善

目次

一二　北越出陣

長谷川正傑略傳

一三　車駕東幸

一四　横井參與殺害事件

一五　與覺寺

はしがき

夫れ十五歳を丁年となし三十三を男盛りと唱へ四十は最早初老と稱し四十二歳の厄年を無事に過さは家督を子孫に讓りて隱居仕度に取掛らんとせし幕府時代に於て當年最早四十歳なる巣内式部は(當時久兵衞)實に妻子をも養ふ能はさる甲斐性なしの久兵衞にて通りしなり男子既に初老を過きて尚且蜚ばず鳴かす人間の相場も大抵定りたるものなり親戚も彼を見限り家族も彼に困り行末を案して時に暗涙を呑みしは一再ならさりき當時もし德川の天下にして泰平ならんか彼は遂に役立たす甲斐性なし等の餘り香はしからさる形容詞を戴きて五十年の定命を冷笑裡憫笑裡に終りしなるへし然るに天何の意あるか商家に生れたる彼に文學を敎へ算盤を彈くへき彼に古學を傳へ田を作らすして詩を作らしめしのみならす親戚家族の餘り喜はさりし常盤井仲衞矢野玄道武田斐三郎三輪田綱一郎等の

師友を與へて青年久兵衛をして家傳の商人たるに最も不適當なる感化と修養とを獲しめたり

商賣專問（マヽ）の親戚家族等か彼を役立たす甲斐性なしと視たるは尤ものことにて彼は實に其通りにてありしなり

然しなから當時彼をして俗事の上に勉强せしめ向ひの太郎の如く隣の次郎の如く所謂世渡り上手にてよく役に立ち甲斐性者たらしめは果して如何只擂鉢の底の如き壺大の天地に跼蹐して其一生を始終したるならんに天は彼を那の境遇に置き而して別に其心境に向つて犁鋤を加へしもの曲折の妙意實に不可思議なるものあり

彼は實に此使命を帶ひしか爲めに氣長くも男子四十歲まて如是の生活を續けたるか果然遂に時は來れり

于時万延元年の春櫻田門外飛雪の中一劔天に倚つて寒かりしより天下の志士中央に馳せ參するもの多し於是乎彼四十二の厄年を提けて奮然蹶起

し妻子を捨てゝ京に上り日夜王事に奔走し常に死生の間に出入す或は三ヶ年の久しき獄裡の苦を甞め其出獄するや直に江州に勤王の旗を擧け尋いて

天顔を紫震殿に拜して勇躍北越に出陣し轉戰幾合凱至の後尚頻りに君國の事に心を勞し殆んと一息の隙をも餘さす國家の爲めに活動せし樣宛然活動寫眞を視るの觀あり是れ蓋し時勢の生みし一の奇現象なるへしとは雖も抑も亦中江藤樹先生發祥の地磐硅禪師德化の鄕たる我大州の生みし一產物たること必す因緣する所なしと謂ふへけんや夫れ然り彼は實に已むに已まれぬ眞心を先天的に禀有せり而して一たひ其適所に立つや猛然其盡くすへきを盡くし敢然其致すへきを致し自己が有てる總へてのものを君國の爲めに捧けて悔いす而して辛酸十年漸く事功の世に認められんとするに方り旻天何の意そ彼に最後の鐵槌を與へ突如として彼の衣冠を剝き忽焉として彼の舞台を閉ち故鄕に錦を飾るに代へて反つて流謫の一

孤囚として郷國の山河に見えしめ秋雨蕭々悲風枯枝に咽ふの夜人里遠き山寺に於て終に醒めさる眠に入らしむ嗚呼歳月流れて茲に五十年世人忘れ郷黨忘れ甚たしきは親戚故舊も終に全く忘却し了し今や口碑さへも殘らすなりて草木と共に朽ち果てなんとす

大正六年十一月七日偶々玉城家(式部夫人の實家)倉庫の反故類を燒却せんとて取片附の折柄不圖式部に關する書類を鼠族の巣裡より發見し破れたるを繼ぎ損ひたるを考へ校合考査の上連綴して茲に一篇の略傳を物するを得たりこれ素より不完全なるものなりと雖も將に丙丁童子に與へられんとせしを危く余か手に收めて兎も角大躰編することを得たるは誠に欣幸とする所なり

傳へ聞く今より約三十年前式部の事蹟につき其筋より調査の爲め此地に來られしか當時何等得る所なくして空しく引取られしと嗚呼當時の好機に於ては之を逸し却て三十年後の今日に於て之を發見するに至りしもの

抑も天意の別に存する所ありて然る乎哉

于時大正七年一月十九日式部の傳を綴り終りし夜半大洲僑居に於て

長井石峰誌す

一 八多浪

伊豫の國大洲の町を肱川の碧流に沿うて下ること二里許粟津祇園社の下邊を渡舟して彼岸に上れは八多浪の大松とて一大老松の亭々として天を摩するあり南枝長く延ひたる下萩すすき抔茂れる邊さゝやかなる墓地ありて其中央と覺しき地點に西面せる古き墓あり刻して釋僚正不退位と云ふ寺院は興覺寺とて臨濟の精舍なるに眞宗の法號を銘するも奇なり試に寺僧に就いて其何人の墓碣なるやを問ふ寺僧識らす去つて村人に問ふ村人亦知らす偶々田畝の間七十余の老翁あり余か爲めに説いて曰く今より約五十年の昔彼の寺に不可思議の一人物起居したりき年歯五十歳許軀幹長大容貌魁偉頭は總髮にして鬚髯を蓄へ眼光烱々として人を射り只ならぬ面魂なり常に打沈みて餘り口を開かす室内にわ床上に御紋章附の太刀を飾り傍に當時貴顯方の物せし詩歌なと張交せたる屏風を廻らし窓下の古机に倚りて終日書見又は書き物をなす嘗て偶々衣冠を著けて東方を拜

するを瞥見せしことあり當時村人相耳語して曰く彼は元と大洲の產巢內某と云ふ都に在りて久しく宮仕へしゝか何か恐ろしき事を爲して歸來せし由近く可らすと墓裡に眠れる人卽ち是なりと

嗚呼是なん今や世人にも鄕黨にも殆んと忘却し去られたる我維新の勤王家巢內式部か其忠魂義魄を埋めたる所にてありき

抑も巢內式部とは如何なる人なる乎試に大日本人名辭書一千百〇八頁を閱するに下段に記あり曰く「巢內式部は勤王家なり伊豫の人名は親善(信善)後式部を四鬼武(鳴生とも云ふ)と改む高松家(保實朝臣)の雜掌となり勤王の志士と交り國事に奔走す近藤勇の隊に捕へられて獄に下さる後赦されて明治以後軍曹となると」

右末文明治以後軍曹となるとあるを見て世人或はあゝ軍曹かと輕視せんも知れされと明治以後とは誤りにして實は慶應四年に御親兵取締の意味にて軍曹を拜命したるなりき史を按するに奈良朝の末弘仁三年四月鎭守

府の職制を改められ將軍一人軍監一人軍曹二人醫師一人弩師一人となし將軍は五位軍監は六位軍曹は八位とあり當時位階の最も尊まれし時代に於て八位を賜はりしは相當の位置を證するに足る顧ふに文治の昔源頼朝か總追捕使として天下の兵權を掌握してより兵權は代々武家の專有に歸し朝臣は武職の名あるも其實なく只榮位として空しく之を戴けるのみ斯の如くにして朝廷は爾後職制改正の必要もなく其まゝに數百年を經過して竟に維新の際に及ふ慶應四年式部か御親兵一隊の長として仁和寺總督の宮に從ひ越後の賊を討つに方り取り敢へす軍曹に任せられたるものなり

先是鳥羽伏見の役後始めて御親兵を設けられて洛外黑谷に屯集するや式部は實に左の命を拜しぬ

巢內式部

黒谷人數取
締被
仰付候事
六月　陸軍局

軍曹拜命の辭令書は散逸して見るを得されとも左の公文によりてこれ以前既に任命ありたることを知るへし

御用候間只今早々傳達所ゐ可有
出頭候也
二月廿九日　辨事
役所

軍曹　巣内式部
鈴木三樹三郎

又次の文書によりて當時軍監を置かれしことを知ることを得へしこれ蓋し北越征討以前のものなるへし

御申越之條々以本書御答ニ及候

一金百五拾両

會計方ゟ可相進候

一御旗　　壹本

一袖印　　拾枚

右相送り候

一建言名前肩書御親兵ト相記御坐候是ハ少々差支申候何トカ御勘考可然候

二十九日

御本營

巣内四鬼武殿　軍°監°

二　御親兵

太政官日誌によれば御親兵を置かれたるは明治四年二月薩長土の三藩より禁衞の兵を徴されたるを始めとする旨記載あれどもこは組織一變の時にして始めて御親兵を置かれたるは實に慶應四年なるが如し傳へ聞く當時始めて御親兵の置かるゝや數百年來絶へてなかりし御事とて孝明天皇　皇太子(明治天皇)　御同列にて閲兵式を行はせられ「これ寔に朕の兵なり」と最と御滿足の御敕語を賜はりしと拜承す尋て北越の賊を討つに當り仁和寺總督の宮が卒(率カ)ゐさせ給ひし四百名の兵は卽ち是にして式部は實に其内百三十一名の取締たりしなり(軍曹)今般不圖發見せられし式部に關する書類の中左の文書の如き明治以前既に御親兵の存せし一證となすべし

越後(破損不明)村
(不明)謙作倅
宗次
年十三才

右者今般
御官軍巣内四鬼武様ゟ差上候ニ付
此村人別相除候處相違無御座候依
テ一札差上申候處如件
慶應四辰年八月
右庄屋
關口莊右衛門印

御官軍御親兵取締
巣内 四鬼 武様
御内
御家内衆中様

（附言）

これ當時十三才なる少年宗次なるものの一身を君國に捧げて御親兵たらんことを出願せしにより其村の戸籍を除きたる庄屋の證明書にしても最も珍とするに足る又一面當時の少年が如何に義勇奉公の念に篤く自己か戸籍までをも棄てゝ一命を差出しゝ雄々しくもけなげなる意氣を察すべきなり

因に是非茲に附け加ふべきことは今度古反裡より發見せしものにして右宗次上洛の後母より送くりし心こめし書簡なり水莖の跡は覺束なき蚊脚の女文字にて判讀に苦めども田舍の一婦女に似ず武士的精神の活躍し愛子に對して義をすゝむるあたり眞に見上げたるものにて想ふにこれ決して只の土百姓にてはあるまじく確に庭訓ある郷士格の妻女たるべしと察せらる左に之を掲ぐべし

（破損不明）殿便りにまかせ申上まいらせ候何々くらからの（九重の意？）の大君におんみちかくつかへまつろふ（仕へまつる）身のはまれ朝夕に巣内様を神とも両親とも思ふて仰せそむくなよ（負くなよ）今ではいやしき身の上なれど御先祖の名をけがすなよたゝたゝ其身大切にほうばいしゆうと口ろんすなよ二つなゐ印ぞや（印は首即チ命ナリ）かりそめならぬ御をんを送る迄は我身の印と思ふなよ君と親との印と思へ謙作殿（夫）無事でおわす時なれば御禮の印のへんかも（式部より歌を送りしものならんそれに對して）上りられど何と申すもびよう中ゆへ心にまかせず文武両道に心かけて人のかゝみになれよかしかならず〱かり染にもあしき心を持たぬやう母が頼みこれぞかしおしき筆留まいらせ候目出度かしく

川本　宗　次殿へ　　　母　より

菊月中二日

右宗次なる者如何なる家の子なるや不明なりしが其後式部の物せる諸種

書類を取調べつゝある中反古の中にふと左の記事を見出しぬこれにより
て有志家の一族たることを知るを得たり）
「予慶應四年）七月越後柏崎の陣所にありける時江戸坂一擧の人川本杜太
郎の舍弟宗次十三歳隨從を乞ふ依て之を許し北越より連歸へりて京都
の我宿所に置く云々」

其後同人に係る記事なしあゝ少年宗次の行末如何に成りけん

三　生ひ立

巣内式部諱は信善通稱は久兵衞幼名を民三郎と稱す文政元戊寅年十一月
七日伊豫國大洲比地町に生る父は松井八郎兵衞母は初子世々染物業を營
む兄二人あり、長は七郎俳人圓外として俗謠伊豫節に歌はるゝもの是なり
次は伊三郎別に一家を起す
式部幼にして巣内久兵衞の養子となり養父沒後久兵衞の名を襲うて書籍

及び藥種類を商ふ是より先き妻たみ子長男鬼藤太を遺して沒す仍て親戚玉城嘉吉の女縫子を迎へて後妻となし三女を擧ぐ長はリヨウ次は豐三は菊江と云ふ菊江は先年既に世を去りたるも夫人縫子(八十六歲)並に長次女は共に健在す(大正六年十二月)式部の少年時代のことは殆んど傳はらず要するに意地强き一兒童なりしが如し只店頭に在りては書を讀むことを知りて書を賣ることを知らす爲めに養父の小言を頂くこと屢々なりき青年時代に至り市外阿藏八幡社の祠官にして國學家たる常盤井中衞の門に入り國漢學並に和歌を學ぶ隨つて同門に出入せし武田竹塘靑野完治矢野玄道等と交り特に矢野玄道とは最も親しかりき式部身體長大堂々たる偉丈夫なりと雖も禀性寬厚寡言にして大度あり家に於て叱々の聲を聞かず其人と語る極めて靜和にして敢へて高聲せす敢へて爭論せす何處となく長者の風格を備へき居常書に親み和歌を好み又謠曲を樂み時に興に乘じて狂言など立ち舞ふことあり嘗て一日藩醫菊山氏を訪ふ座に畫家幽賞齋あり

筆を採りて襖に戯畫を物す卽ち一士人の臀部を捲くりて海上に向け放屁一發沖合の黑船(維新前外國船を呼んで黑船と云ふ)爲に轉覆沈沒せんとするの圖なり式部乃ち賛して曰く「あめりかの船のへさきも飛びちりぬ草木もなびく君が代なれは」と一座洪笑せりと云ふ
性酒を嗜み斗酒尙辭せさる概ありて家人も曾て彼の眞の醉ひしを見しことなし時々常盤井氏を訪ふや師弟共に大酒客のことゝて相對して兩々杯を献酬して時の移るを知らす隨行の少年等待ち詫びて玄關に假睡するを常とす夫の安政二年の大地震の晩の如き他の家具には目も吳れず只晩酌用に備へし一升德利を提げて倉皇門外に飛び出で長く家庭の笑ひ草たりきと云ふ

四　上京

式部一商賈に身を措くと雖も常に天下國家を以て念となし家業を顧みす故を以て家道大に衰へ頗る窮乏を極む(此間妻縫子の苦心慘憺尋常ならざ

りきと云ふ)時に世は安政の末つ方國事益々非にして遂に所謂安政の大獄起り大官の幽屛黜陟相繼ぎ勤王の志士の毒乃に斃るゝもの夥し尋いて萬延元年志士義憤の劔櫻田門外に閃きて天下益々騷然たり式部慨然決する所あり身を挺して國難に赴かんと欲し遂に家を閉ち家族を妻の實家たる玉城家に託し同年夏六月死別を期して國を去り京都に上る縁を求めて(或は矢野玄道の援助を得しならん)高松保實朝臣の雜掌となり名を式部と改め(後四鬼武又は鴨生と改む)盛んに勤王の志士と交り國事に奔走す式部自記慷慨歌集一の卷に左の記あり

世の中騷かしくなりければ急ぎて都に上りける時よめる

雲の上は昔のさまにかはる世を
打歎かるゝ今日にもあるかな
雲の上に照る日のかけはさしなから
いかに曇れる天の下そも

同巻又左の記あり
文久二戌年長月十一日祭主藤波二位殿奉幣使として伊勢神宮に發遣於禁中御神事あり此日高松正三位保實卿の御供して日の御門より南門の内承明門の前を過るに此時は未だ禁中と雖も草深く茂りて御袍の袖に露のちりかゝりけるを見て
淺間しや雲井の庭の草の露かゝらぬ身にも袖そぬれける
大内の山の下草ひく人もなくてふりそうわか淚かな
爾後勤王の志士と往來し頻りに國事に奔走す文久三年五月十九日には三條公(實美)の命を受けて兼ねて攘夷の旗擧けせんとて大和へ脱走中の滋野井侍從公壽朝臣並に西四辻公業朝臣の二公を說きて都へ迎へ歸へる
公業朝臣のよみてたまひたる
手束弓矢竹にのみは思へとも世に數ならぬみをいかにせん
大和川今は思へは水沫の消ゆとも我身かへらしものを

信善

中々にうき名や立たん大和川かへらぬ水に沈みはてゝは

(外數首)

同年冬新嘗祭の節水戸の大越伊豫介宮田齊芳我愛之介増子幸藏大洲堀尾直人等と共に拜し奉りて

尊さの余りを見せて氷るらし雲井の霜に落つる涙は

(外十首)

五　當時の形勢

爾後式部の行動等了解に便せんか爲め試に當時我邦の形勢を一瞥するも無用にあらさるへし

文久二三年の頃に至り浪士輩公武合躰の討幕に不便なるを感し何とかして之を分離せんことを計り暴行益々甚たしく天誅を名として盛んに殺戮を行ひ或は足利尊氏の塑像を刎ねなとす京都所司代町奉行等之を制する

こと能はす特に長藩は幕府の逡巡して攘夷を斷行せさるを不可とし朝廷に建議し大和の畝傍山に行幸して攘夷の師を起し給はんことを請ふ朝議之に傾く京都守護職會津侯松平容保は專ら親征の不可なるを說き諸侯亦之に和する者多し就中島津氏は常に長藩と相容れさりしを以て特に揚言して曰く長藩は浪士を煽動して禁闕を擾せり幕府宜しく其罪を糺すへしと然るに公卿中亦親征の危きを憂ふる者多かりしを以て朝議俄に一變し尊融親王入朝し長藩人を京都より退去せしめて其宿衞を止め薩會等の諸藩に命して九門を分守せしむ衆皆戎裝して之に備ふ人心恟々たり毛利元純三條實美等變を聞きて入朝せしかと入ることを許されす實美馳せて關白の第に至る元純をして謹愼して命を待たしむ元純情を陳し寃を訴ふ皆聽かれす是に於て元純三條實美三條西季知東久世通禧四條隆謌壬生基修錦小路賴德澤宣嘉の七卿を奉して長門に走る時に文久三年八月なり朝廷七卿の官爵を削り且在京の列侯を召し凡そ詔令の十八日以前に係る

ものは皆天皇の意にあらす宜しく十八日以後を以て眞勅とすへき旨を諭す此に至りて過激の攘夷家も亦力を朝廷に失ひ幕府再ひ朝廷の信任を得る端緒を現したり浪士等憤懣に堪へす藤本鐵石等討幕を名とし侍從中山忠光を擁して兵を大和の十津川に擧け平野國民(臣カ)等は澤宣嘉を奉して但馬銀山の變を起せり然れとも皆間もなく討平せられたり

先是五月姉小路公知朝臣幕府の勅命を奉せさるを憤慨し之を倒して有志と謀り攘夷を決行せんとするの志あり詔を受けて近畿の海防を巡視す勝安房の幕府の海軍を率いて兵庫に在るに會し海防の一朝一夕に行ふ能はさるを聞き歸つて復命す人之を惡む五月二十日從者二人(金輪勇、吉村右京)を從へ猿か辻を過く賊あり急に公知を刺す從者一人(金輪勇)先づ北ぐ吉村右京刀を執りて趨り來る公知呼吸甚た苦むものゝ如し右京刀を揮うて賊を逐ひ公知を扶けて歸へる尋いて歿す時に年三十參議左近衛中將を贈る明治三十八年九月一日正二位を贈らる式部は兼ねて知遇を受け且討幕の謀議を共にせし公知卿の横死を悲むと共に従者金輪勇か太刀を持ちて供しなから難に臨み卑法（怯カ）の振舞を演せしを憤り後勇に對し痛く之を辱かしめき

公知朝臣を悼みて

いかはかりあらんとすらん太刀をたに手にふれさりし君か恨は
此時を思へはいとゝ涙湧き髪さかたちて齒かみせられつ

金輪勇を惡みて

淺間しや太刀振かさし向ひてハ討もらすへき敵ならしを
おのれのみ迯けは迯けてもあるへきに君か御太刀を持迯けにして

六　甲子禁闕の乱

元治元甲子年六月二十三日長藩の家老福原越後關東に下ると稱し兵三百余人を率ゐて長州を發し京都に到り嵯峨山崎に屯し上書して藩主父子の衷情を陳へ七卿の復職を請ひ且藩士の入京を許されんことを乞ふ週々同

藩の國司信濃益田右衛門介等各々兵を率ゐて來り會せしかは京都の人心恟々たり

式部か物せし慷慨歌集の中に左の記事あり

「長州の兵士等去年八月十八日の事件に依りて禁中へ歎願のことありて洛外伏見嵯峨山崎所々に屯集す仍つて其兵士の形勢を見んとて嵯峨鳳林寺に詣る

同十七日有栖川宮御父子を始め奉り長州の事件に依つて種々御諫奏あり其外大炊御門右大將家信公中山大納言忠能卿を始めとして六十余人の公卿殿上人等連署の建言御差出ニ相成り尙色々御諫奏ありと雖も終にそを用ゐ給はす是全く上に中川宮あり下に會津等の賊臣ありて中途に妨くるに依るなり

同十八日夜半過る頃西四辻殿の物見の高殿に上り峨嵯山崎の方を見るに遙に筒の音響きて雷の如し

明くれは七月十九日未た明はなれさるに炮の音間近く聞へ禁門の騷は元より市中の騷動大かたならす」

七月十七日に至り薩藩會津等は長藩の士名を歎願に託して兵を擁し悍然として命を奉せさるは上を要するものにして其罪斷して許し難しと建議す長藩の士之を聞きて憤恚し以て讒構に出てたりとなし一擧して君側を清むへしと唱へ益々抗辯して已ます守護職松平容保の禁內凝花洞に居ることを知り洛外に屯する者期を刻して之を襲擊せんと謀る其事早く洩れたりしかは慶喜等直に宮闕を守護し諸藩の兵をして宮門を警衛せしめ以て急に備へたり福原等既に入京し十九日拂曉國司等の兵も亦嵯峨より進みて帷子街に至り分れて二隊となり一隊は中立賣門又蛤門に向ひて進む會藩の兵出てゝ戰ふ長兵の公卿邸內に潛める者塀上より銃を發して會兵の後を襲ふ會兵前後に敵を受け苦戰甚た力めたり

此時薩藩桑名藩の兵公家門を出てゝ不意に長兵の橫を衝く會兵力を得て

振ひ戰ふ激戰數刻にして長兵遂に敗れ走る

式部當時の狀況を記して曰く

「同日巳の刻(十九日)頃内侍所はや御立退と相成り禁中御常の御所の御庭のあたり軍卒滿ち〳〵て既に

主上も御動座あらせらるへき御氣しきにて一橋中納言軍裝にて御所中を往來し其外會津桑名等を始め階下に腰打掛け今にやと待ち御庭前に御鳳輦御板輿をかき居奉るを見るに目も暮れ心も消ゆるはかり悲しかりき

特に此騷に乘して

御鳳輦を彥根の城に向け奉るへき由聞へける取分けて胸痛みぬ

然るに諸卒の中にも會津の兵士御所中に滿ち滿ちて或は樹下に打伏し又は水邊に足をひたし或は甲陣笠抔を枕とし又は刀鎗を提け飽迄暴威を逞うする有樣かの唐土の宋明の世に醜夷か王の都に迫りしも斯くやありけ

んと思はゞ涙止めかたし

夷らか襲ひ集へる心地してあないまはしの今日の氣色や

然るに彼さかしらども頻に御動座を促し奉ると雖も終にとゝまらせ給ふ
と聞きて

動きなきものとも知らて大内の山守いたく騒きつるかな

天地もとゝろくはかり騒けともゆるかぬものは大内の山

去る程に軍同時に起りて炮の音天地に響き川裂け山崩るゝが如し火は彌々盛んにして禁中も既に危く見えて市中は只一圓の猛火となり男女東西にまどひ車卒南北に馳せ違ふ

さて長門の兵士勤王の有志等所々に亂れ散りて今日を限りといとみ戰ふ有様は萩の盛に野分の吹起りて花の散るか如く奸徒(幕兵)の爲めに多く戰死す

夜は公業朝臣と共に禁中に明して

かれを思ひこれを歎きて明かぬる夜半の涙の玉しきの庭

市中は會藩の爲めに焦土となり男女ちまたに泣く軍卒共(幕府方)民家に入りて財を盜み或は金を取りて其跡に火を放つて燒くその暴惡非道譬ふるにものなし

吾袖はかはきもあへす白浪のかゝりける世を打歎きつゝ

尙其燒跡に盜人の來りて財を盜むあり又其頃有志の建言に會津侯の暴惡木曾義仲北條時政に越ゆと書けるを見る」

七　當時式部の心事

當時式部は表面長州方に加はらさりしと雖も有志と共に常に彼等に加擔し陰に陽に諸種の便宜を計り秘密の役目をつとめしものゝ如し今や書類多く散逸して見るを得されと古反の中偶々左の如き書簡ありこれらによりて見るも長州人と或關係を有したるを察すへし

御話申度儀候間木屋町三條上る長州

抱屋敷にて森寺寓まて早々御入來被
成下度此段得貴意候
九月六日　芳野昇太郎
巣内式部樣
至急

又左の記事あり
「同年十一月十八日新嘗祭行はせ給ひける日長州追討の軍始めと聞きて
つみなきを討つたにあるを今日と云ふ今日を始に軍せんとは
かけまくも今日新嘗のまつりとも吾妻男は知らすもあるらん
同年(元治元年)冬に至り滋野井公壽朝臣の命を含みて竊に京を出て或重大なる國事の任務を負ひて西國に下る蓋し當時局最も困難危急の際式部は一命を賭して任に當りたるものゝ如しされど事極めて秘密に附し事實の内容を詳にするを得さるを遺憾とす

式部出發に際して

身を捨てゝ思ひ立ぬる旅なれは死出の山路の奥もいとはし

君か爲め思ひ立ぬる旅衣いかてこゝろのいさまさるへき

公壽朝臣返へし

君か爲思ひ立ぬる旅なれはやかて曇らぬ世に歸へるへき

旅衣返へす〱も心せよ思はぬかたにあらしふくなり

それより浪花に出て備前備中美作安藝長州を經て筑前豐後日向等に到り翌早春歸洛せしものゝ如し

八　日光へ下向

慶應元年三月廿七日高松實村朝臣敕使として日光へ下向を命せられ(東照宮二百五十年神事の爲めなり思ふに二百五十年祭は文久二年に相當すれとも國事多難の折柄延期せられ居たるならんか)式部供奉して下向することゝなる式部自記に「敕使は首途として八坂の神社に詣て給ふべかりしを

二十六日の夜火の騒にて俄に之を變し北野の社に詣て給ひぬ同二十八日は高松殿をはしめ東下の人々上下となく立騒きていそかし本國寺に寓せし水戸の大越伊豫介宮田齊鯉沼増子芳我等の人々に東下を告けて歸りぬ式部は昨甲子の年水戸の武田耕雲齋等攘夷を決行せんとて筑波大平山等に旗擧けし遂に加賀に上りて悲慘の運命に終りしを非常に同情せるものから日光下向の途次武田等の經由せし場所に到る毎に當時を回想して感慨無量なるものあり今下向歌集中より其數者を摘記すべし

甲子の冬水戸の武田ぬし此所を渡りしときゝて

太田川

太田川みなきる水の泡の上に消えにし人の面影そたつ

行く程に卯月三日御嶽の驛に著く翌日十三峠を越へ夕暮中津川の驛につく此所は平田氏の(篤胤)門人多き中に間秀矩といへるあり仍て同家を尋ねしに折柄竹村多勢女も來りて酒呑み物語りして古き友に逢ふか如し正義

の道同しきか故なり㧺鷄の聲に驚きて別れて宿に歸へりぬ去年水戸の浪士此驛にて中食せし事彼日記にもあり其時秀矩か歌

筑波山この面かのもに道はあれと夷を攘ふ道は一筋

浪士黒澤新三郎の返へし

夷討と思ひ筑波もむなしくて過る月日の數をしそ思ふ

同　大津忠雄

いさゝらは夷か首を打攘ひすめら御心安めまつらむ

同　樫村直給

大君の心盡しを一筋に思ふこゝろの何いとふへき

五日中津川の驛を立ち間氏と共に驛のはなれまて行くこれより山道なり間氏彼方を指して曰くかの左の方山腹の松林の中に白く見ゆるものは水戸の横田藤四郎とて當時十八歳なりしが和田峠の戰に父に先立ちて討死せしを父の藤十郎其首級を此所に持ち來りて窃に埋め置きけるなりこは

此驛は平田翁の同門の人數多き故に行末郷人等おろそかにはせまじと思ひて和田峠より我子の首を玆處まて持ち來りて埋めたるなり當時親の心やいかにかありけん

とゝまるも行くも親子の中津川なかれて深き契りなりけり

偕里人之を憐んて白川家に願ひて之に石津元總雅(稚カ)子命と云ふ神號を附せられ小さき社を建てゝ祭りぬと云ふ感すへきことにこそ

夜は諏訪の驛に宿る藩士大山直路飯田守人來りて夜もすから物語りす

去年永戸浪士此驛を過くる時守人の歌に

ひるかへる大和にしきの御旗風我身に負ひて死ぬよしもかな

浪士龜山雄右衛門

武士のたつ(さカ)矢たはさみ乘る駒の立髮分くる野邊の朝風

其夜大山等の物語に

和田峠の合戰武田彥右衛門を奇兵の將として間道を經千辛万苦して上之

山より落しかけたるに諏訪勢大に敗走す然るに山の折まがりに諏訪より大炮を構へ置き玉を込めて待つに夕暮方浪士大勢登り來る所を打込みたるにより多數討たれぬ偕先きに記しゝ横田藤四郎も此所にて深手を負ひ介錯を賴むにより父藤十郎之を切らんとせしを武田大夫親の介錯は不可なり余代らんとて切られたり云々

尙和田峠の合戰に諏訪勢討死五十三人松本勢七十余人浪士十四人なり此等の塚は和田峠の麓にあり

野州大平山に水戸浪士久しく屯集せしを聞きて

大平の山の麓を我ゆけは雲井のよそに見ゆる筑波根

立去りし人は昨日を昔にて青葉にこもる大平の山

日光にて

百敷や古き軒端そ歎かるゝ二荒の宮居見るにつけても

東照宮の光りもあふかねは大樹のかけもたのまさりけり

江戸につく

江戸に著きて芝まて御供してそれより引返へし秋田侯の中屋敷なる平田篤胤翁を訪ひいろ〳〵の物語りに夜ふけ曉近くなりて品川の宿に歸へりぬ

今はゝや枝諸共に打攘へ大樹のかけもたのみすくなし

式部始めて日光に下り其結構の華麗に眼眩し之を京都禁中の草深く御陵墓などのいたく荒れたるに思ひ比へて憤慨に堪へす一層討幕の情を高めたるの跡歴々見るへし幕府も飛んだ賓客を迎へたるものなり

九　入獄

當時幕府は勤王の志士を惡むこと益々甚だしく式部の如きも公武の間を離間し世間を騷かし剰へ將軍に危害を加へんとするものとして兼て注意人物たりしか慶應元年閏五月に至り遂に近藤勇の率ゆる新撰組の手に捕へられ六條の獄に繋かる

式部當時の狀況を詳記して曰く

「我幽囚に到りし事情を記さんに抑も大樹將軍(家茂)上洛の事あるにより兼ねて京大津膳所邊の間に於て將軍を討たんとの策有之哉の風聞あり特に膳所城内に地雷を置きて將軍を討つ等の說あり仍つて會津侯の命として新撰組と云へる無賴の惡徒大勢高松殿に來り應接の上(當時高松家より會津侯に對し非常に力を盡して救濟に勉めたれとも嫌疑重大にして其甲斐なかりき)遂に六條の惡徒の窩穴に連られ種々の難題を問掛け無殘に鞭ちける剩さへ皇國の御爲め建言致候書類等を奪ひ公武の間を離間する抔と申責問しは〳〵す尤も同志よりの賴み長州へ參り居る有志又我大洲の藩兵も長州方へ加はり我等所々へ賴みかくし置といへとも一切知らさる旨申立てぬ又建言は幾度となく致しゝ中にも中川宮一橋殿關白殿の御扱ひにかゝる事も有之候へ共今度奪はれたるものは兵庫開港早々差止めらるへき旨の意見書なりき

余生來愚なりと雖も誓つて勤王の志を立て生きてハ國恩に報し奉り死しては忠義の鬼となり七度生れ替るとも天朝と共にして如何で夷を討たさるべきいかで君の御爲めに死せさるべきと兼てより思ひ定めし上は今や死なんと思ひ定めて其事にも(自殺の意)及びしが又つら〳〵思へば死は一旦にして安く徒らに死せんも詮なし只々命をまたんにはしかじと思ひ定めて居たるに其後はさまても責めさりけり尙同時に縛につきし矢野玄道余並に近藤至邦の中(矢野玄道氏大厄記に此時の記事あり)近藤と余とを幕吏に渡し玄道は數日の後鳩居堂主人に預く最初余は玄道と同獄舍に居りしことゝて別れに臨み死別せんとて酒を乞ふ不許仍て水を求めて共に呑んで別るゝに方り玄道に向ひ故鄕の老母の(父は疾く世を去りぬ)ことを賴み余は必ず無事なりと告げよ兄には其の實を聞かせよさらば母へのかたみにとて著たる羽織をぬぎて之を渡す玄道曰く君にして死すと聞かは余は三日を出でず必す死して幽會を期せんと則ち別る

夫より奉行所に出で又六角の囚に送らる折しも雨いみじう降り月くらく今宵もや直に切らるゝならんと思ひの外聞くもいまゝ敷切支丹とか申四に入れらる筵マ枚つゝ添へて入る折しも夏なから寒くて夜もすがら或はいかり又は不運を歎き是まで千辛万苦の志を遂けず今日の有様に至れるを悲み慷慨の涙血と共に下るかくて目もふさぐ事不能短夜漸く明たれども雨ふりて闇きこと夜のごとし扠共に絶命の歌をよまんとてよみたれども筆も墨もなし故に紙の小よりをよりてそれを文字に作り上より紙を當て張り附けて見しに紙の裡に歌の文字顯れたり

今更に何か思はん國の爲死ぬるはもとに歸るなりけり

つなかるゝ身はうしと思はねと待らん親に心をそひく

命をは物の數とも思はねと待らん親の心をそ思ふ

今さらにいかて動かん兼てより我ふみ居りし大和魂

偖今は何時切られてもよしとて互に笑ひ居たる内呼ひ出したりそれより

吟味所といへるに出づ六條にて答へし事を可申樣申に付其通りを申しゝに又と申してそれよりは會所と申役留め抔ばかり入置く場所にて牢外の獄舍に入らる今迄のは普通の獄にて盗人共と同座なれは吾々勤王の有志は非常に其無禮を憤慨せしがこの處は外とはかはりて亥子前後國事嫌疑にて幽囚せられし人のみ多く外々の事にて居るものは少し偖其人々は有栖川宮太夫粟津右馬介鷹司殿の內青木右京亮吉順醍醐殿の內板倉筑前介三條家宮田織部元長藩明闇寺玄周山崎寶寺探元日向慈眼寺觀康大津尾花驛　瀬太宰十津川田中邦男同深瀬仲麿姬路井田親之介東福寺觀阿長老彥根永源寺老僧龍華院機外馬場德太郎同學之介安野楨藏長藩大野四郎右衞門中子孫太郎河野彥衞等十數人又但馬銀山一擧の士木村愛之介伊藤良太郎三新繼介外に村井修理少進又外に姉小路公知朝臣御横死の節御太刀を持ち逃去りし金輪勇抔申いまく敷物も有之しも多くハ國事の人々而已なり

日々議論盛んにして心もすが〳〵しくなりて其始末を語りしに（自殺せんとまで思ひし次第）皆々いたわり呉れぬ偖今にして思へは彼の時よくこそ死なざりしものなり今は兎角の物語りも國事のみにて正論ならさるなし或は歌を詠み詩を作り今樣抔謠ふもあり或は樂譜を唱ふるもあり碁將戯をもてあそび書類も多くありて此を見彼を讀み筆は竹衣又は藁にて製し墨のかわりに藥を溶きて書く紙夜具衣類等も能く調ひて不自由のことなし醫師は日毎に來りて病を見藥を與へ湯抔もいつもたぎりたり夜は格子外より燈を明して内を照らせり紙帳をつるもあり衣類をかけて蚊を防くもあり或は莚を横につりて之をあふきて風を起し蚊遣りの代りとするあり然れとも唯蚤虱はいかんともしがたし格子の外には番兵ありて晝夜に番をなす食は飯汁香物を一人の料とす食すんで順に湯あみし皆座に著く又士分役所留又は國事の者には重箱に食を入れて運ぶ、はうき履物を添へて持來る也又巾かさに藥のものを入る但し兩度に出す是役所留の印なり其外差入とて夜具衣類其他何にても好みに應して書附をして出せば其品を宿元より入る也右の品々を持來ればそれ〳〵末々迄も分ち與ふるなり偕國事の人々も両太夫を始め冬より春に至り免され夏の始めになりて近藤も出獄續いて長州の大野四郎左衛門中ノ子以下六人も本國へ護送となる今や余等も赦さるゝかと思ふ折柄長州の和談又々破れて戰爭となりしよし

「因に當時長州の狀況を見るに慶應元年五月高杉晋作等奇兵隊を率ゐて馬關を襲ひ大に恭順黨と戰ひて之に勝つ毛利元純等間に居て和を講じ國論を一定せり乃ち慶親父子を奉じ山口に據りて盛に武備を講し幕府に向ひて大に爲す所あらんとす幕府之を聽き再ひ征長の令を發す五月將軍家茂江戸を發して西上す十一月に至りて永井主水正戸川鉼（鉡カ）三郎等を藝州に遣はし長藩主及ひ家老以下を召喚して八條を詰問せしむ長藩亦書を裁して之を分疏し却りて要求して曰く「幕府寛大の處置を以て藩

主父子の官位稱號を舊に復し三都の邸を舊の如く附與せよ而して和議の條件中に削封のことを加ふるを承けず」と幕府は分疏を得とも尙戰端を開くへき計畫なりしを以て豫め諸軍の向ふ所を定めて兵を屯せしめたり然るに長藩の答辨其當を得たるを以て今に迨ひて妄に兵を動かすを得す又故なくして之を收むるを得す二年正月朝廷に奏して曰く「毛利慶親不明にして駕御の道を失ひ家臣をして禁闕を擾さしめし罪甚た大なれとも祖先の殊勳を顧み其の食封十万石を減し父子を禁錮し重臣三人を斷絕せしめん」と朝議終に之を許す乃ち使を遣はして旨を長藩に傳へしめ五月二十日を期して奉答すへきを命す長藩其の期日を延へんことを請ふ而して卒に奉答せす幕府已むことを得すして開戰に決す此の如くして第二回長州征伐始まる式部の又々和談破れて戰爭となりしとは之を云ふなり」

それにつき別の獄にありし川瀨太宰は老中板倉伊賀守の命によりて非命

に死せりこは長州を朝敵と知りなから彼國へ參り國事を談せし段全く朝敵同樣なりとて太宰を引立て奉行所へ行く途中余か居りし會所の前を過くる時巣內君と大聲して呼ひし故應々と答へしか早歸へりには直に裏の方へ連れ行きしと思ふ中斷頭の音どうと響きてあへなくなりぬ

川瀨太宰は同志中式部の最も親しくせし友人にして學德共に秀ひでたる人物なり今左に其の事蹟の概略を揭く（新編先哲叢談に依る）

川瀨太宰は京師の儒者なり名は定字は靜甫狂斧と號す膳所藩の老臣戶田五左衞門の第四子なり出てゝ聖護院法親王の家臣池田某の義子となり其女に配す女人と爲り聰慧善く其夫に事ふ太宰性慷慨にして學識あり近世史略若干卷を著す又天文地理曆筭推步の術に精し日影表江州掌圖等若干卷を著す膳所侯其賢を聞て政務に與らしめんと欲し之を召す太宰固辭す嘉永癸丑米艦下田港に來る太宰憤激して海防の急務を策し以て膳所侯に上言すること三たび文久壬戌薩長土三侯の上京するや太

宰大に喜ふ天下の志士奔足拮据し以て王に勤む時に海内の士幕府の嫌疑を蒙り多く其家に潛匿すと云ふ爾後益々勤王の大義を唱へ東西に奔走し京師に徵行し遂に逮捕せられて獄に繫かる捕手其家に抵り其妻池田氏を縛せんとす池田氏從容として少間を請ひ衣服を更めて縛に就かんとす捕吏之を許す池田氏室に入りて悉く良人の書類時事に關する者を束ねて之を火中に投し遂に自殺す捕手手を空うして去る太宰丙寅の夏終に斬に處せらる明治二十四年十二月從四位を贈らる

余等は日々歌を詠み十二三人程の弟子をとりて敎へなどす其時の歌集は粟津氏にあり四五冊もあるへし

偖其年の冬より春に亙りて皆々疫といへる病にかゝり余も亦病みて六十余日苦み漸く癒ゆと雖も衰弱甚しかりき在獄者も次第に出獄し余の外村井政禮上原綱(絅カ)藏寶寺探元及び銀山一擧の三人又別房に故梅田源二郎の妻の方等數人のみとなれりかゝる内に日向の觀康も病死銀山一擧の三人も

終に病に罹りて死し殘る者殊の外少なくなりぬ
村井政禮とは向ひ合せにて日々國事の物語に晝夜を忘れ或は怒り或は涙にむせんで物語を止むることとも多し又題を一日替りに歌を詠み其外尊攘新話胡蝶の陳法等(村井氏の著)の書種々書寫し或は慷慨詩歌集を選み又一橋氏(慶喜)の罪狀を掲けて一冊を認め抔種々物しぬさる程に卯年十月頃高松殿には御暇に相成りきと申立て無宿共の獄舍に移し入れぬ後出獄して聞けば決して左樣のことなきのみか高松殿には非常に苦心慘憺種々周旋ありし廉も分りこは全く幕吏の奸謀及び夫の金輪勇等の讒訴によりしこと並に又余か幕吏に媚びさりしか故なりしを知りぬ偖盜人共計りの獄舍へ移され困却の折柄此獄裡に銀山一擧の士伊東良太郎居り兼ねて我名を慕ひ居しより余を上席に直し師父の如く勞はり吳るゝにより別に難澁と云ふは無けれとも外とは違ひ明ても暮ても盜人共の話より外聞くことなくて過しゝか暫くして又元の會所に戻しぬ

茲處に宮川介五郎長春とて三條の制札場一擧と申して長州朝敵の制札を取除きたる際二人は即死宮川は深手にて其まゝ幽囚せられしを余か介抱して幸に全快せしか此人余か別獄に移されしを悲みて衣類紙等を送り越せり其時長春の添へし歌

鎌倉の士のひとやにくらへても君か心の猛をそしる

宮川も霜月の末頃國へ渡し極月の初より日々罪人の始末をつけ中にも極月七日例の金輪勇も切られたり余入獄の始め彼の兼ての行動を度々のゝしり耻かしめしかば其恨を以て余を種々讒言せしなりき爾後八日九日十日十一日と日々罪人の始末をつけ十二日至りし所何故か牢屋敷の近邊並に御所中は元より市中も大騒動の様子此場合獄中のもの如何に處置するにやと此噂のみ致す特に諸藩薩長を始め五卿も追々上京の風聞相聞へ(時勢次第に進展し薩長の連合成り討幕の機運熟し來りしなり)大に歡ひ村井氏と互に文通共に歡び居し處同日夕刻迄に病人其他在獄者殆んど赦免出

獄せしめ尋いて村井氏の上下大小等の事迄聞合せに來り探する故最早出獄なりと余等も歡ひ自身にも歡はれやかて揚り屋を出てられしにより樣子如何と伺ひ居しに會所の人足共慌しく走り來り只今村井氏を三度に切つて首を落しゝと云ふ尙其次第を聞けは村井氏を吟味所の横手の裏の土たん場の方へ連れ行くにより其方へ參るへき儀無之と申せらるゝに强ひて連れ行き後より走り樣に切りつく村井氏怒つて何と申さるゝ内叉二の太刀三の太刀にて首を落しゝを他の與力三人程吟味所の上より見て笑ひ居りしとのこと其無慘暴戾譬ふるにものなく實に憤慨に不堪

(村井氏は學深く識高く式部の特に畏敬せし友人のことゝて幕吏の暴戾を憤慨すること甚だしく毒刄を揮ひし者を調査し置き出獄の後復讐せしと云ふ村井氏の略傳を左に記す)

村井政禮は尾張國齋聖寺權少僧都某の子なり出てゝ村井氏を嗣き藏人所の衆となり正立(マヽ)位に叙し修理少進に任す人と爲り俊豪にして博く和

漢の書を讀みまた兵法に達す嘉永年間尊攘の議起るに及ひ諸國の志士と交り力を盡すこと少からす文久三年九月幕吏に捕はれ獄に下さる慶應三年十二月十二日終に斬らる年三十七明治廿四年十二月十七日正五位を贈らる(殉難錄稿)

此上は國事の者とては差詰め吾等なり余か上原か探元かなるへしと覺悟しぬ

一〇　出獄

偖夜に入つて陣羽織著したる二人鎗を持たせ其外與力同心何程と申す數不知どや〳〵と入來るや否や諸方の獄戸をから〳〵と明けさせ夫々呼ひ出す大勢取騷き口々に申故何事を致すや一向に分らす然る處裏の土たん場につれ行く様子の處やつと云ひしと思へば斷頭の音どうと響きつぎ〳〵に遂に十一人に及ふ右にてそのまゝ皆々引取りたる様子故當夜は是にて止め何れ後は明日に切るならむと噂しける處へ又々くゞり戸を明けて大

勢入込み來りしかば最早今宵はこれ迄なりと心靜に決死の念を定めて待ちつるか案の如く又々諸方の獄をあけ夫々引出しぬ然れとも未た余等の會所は明けざりしに打騒ぎつゝ大勢入込み來れりすは只今と覺悟せしに卯平と申者を呼出す此者一人にて又跡を閉ちたり余等は如何致すにやと考へ居る内六七人斷頭の音聞ゆ暫くして又々大勢どや／＼と押來る愈々此度はと存し進み寄りて待居しにさあ／＼皆々御免に相成候間勝手に出可申と申し一人つゝ御禮に出てよとて繩は掛けず一人々々の與力同心の前に連れ行くによりこは或は僞つて切るならむと疑ひ居りしに段々雜具を運ひ出し尋いて余等をも與力同心の前に運れ行き一々名を申して爾後心得違ひ無之改心可致旨申聞けぬ尤も其時は刀の柄に手を掛け拔身の鎗をつき否と云はゞ直に切り付くる勢なり余等心中には死すともいかで勤王の心變はるへきと怒に不堪と雖も改心可致と申して其處をのかれ門外に出たれとも夜半の頃にもあり今更如何可致やと暫し相考へ居りし處へ

阿州の藩岩井平四郎並に其舍弟與一郎と中に出逢ひ伴はれて歸る」
于時慶應三卯年十二月十二日夜半なり
當時京都の形勢を見るに時に將軍慶喜は二條城に在り會津桑名等諸藩の兵盡く二條城に集まり劔を撫し腕を扼して宮門の方を望み將に爲すことあらんとす慶喜固く之を制す既にして慶勝慶永來りて辭官納地の朝命を傳ふ蓋し二侯は反對黨の慶喜を激して暴發せしめ之を口實として德川氏を討滅せんとする計畫なるを知るか故に慶喜を宥めて朝旨に從はしめ以て宗家の安全を計らんとしたるなり然るに德川氏麾下の士及ひ會桑二藩の兵等は二侯を薩長の奴隷なりと罵り將に之に危害を加へんとす慶喜嚴に之を制止す時に二條城には德川氏麾下の士及ひ會津桑名松山長岡等譜代諸藩の兵其數一萬に上り朝廷方には長州の兵西の宮より入京し(當時大洲藩兵西の宮を固む顧ふに長州方と或連絡を保ち共に王事に盡したるものゝ如し)禁衞に加はりたれとも薩州土州藝州尾州越前五藩の兵を合せて

三千に滿たず故に二條城の氣焔は大に昇り動もすれば暴發せんとし衆情恟々として危機一髮の間に在り十一日慶喜書を慶永に送り之を招きて曰く「麾下及ひ譜代の諸藩士は皆朝廷の處置に平かならす頻りに擧兵を勸む然れとも余は朝敵の汚名を受けて祖宗の忠節を空しくするに忍ひす故に朝命は如何に苛酷なりとも忍ひて之を奉せん唯家臣等の激昂は之を制し得さらんとす今日の勢を以て推さは衝突を免るへからす故に卿を招きて之を謀る請ふ余か赤心を酌み輔導する所あれ」と潸然として涙下る慶永亦泣く旣にして曰く止むことを得すは公竊に大坂に下り給ふへし家臣亦其後に從ひ宮門警衞の諸藩兵と隔りて事無きを得へし竊に下坂せるにつきての辨疏は余と尾州と之を力むへしと慶喜之に從ひ其夜松平容保松平定敬及ひ老中板倉勝靜を從へ竊に城の後門を出てゝ大坂に下る兵士等之を聞き各々後を追ひて下坂す

式部の出獄せしは其翌夜のことにして其記錄中に前日來世上何となく騷

々しき由を記せるは右等の事ありしものなり德川氏は一旦京師を脫するに方り京師の在獄者を一應悉く所分せしもの丶如く此際式部か九死に一生を得しは高松家か會津侯に對して熱心斡旋せしに由りしものと察せらる

出獄の元日よめる（式部出獄の翌月卽ち慶應四辰の正月元日なり）

幾たひも死なんとしづる命さへ長かれと思ふ御代の春かな

一一　江州の一擧

余筆を運ひて玆に至り實に感慨に不堪ものあり嗚呼式部享年五十獄裡に呻吟すること三ヶ年而して其間幾たびか危機一髮の運に觸れつ丶竟に慶應三年の暮に至り比叡下ろし肌を裂く極月の夜半突如放免せられたるか實に情緒乱れ感慨無量なるものありやがて吾に歸へり偖今は如何になすへきかと孤客刹那の心事悽絕といはんか悲絕と云はんか而して又普通人

ならばせめて暫く閑地に就きて長き獄裡の疲勞を慰むへきに式部か熱烈なる勤王心と急轉せる時勢とは彼に一息の時間を與へす出獄直に活動を開始し翌正月六日には參與職に向つて國事の建言を敢へてし尋いて直ちに滋野井侍從の旗擧げに參加し卽夜比叡を越へて江州に出陣す壯烈の擧動は實に懦夫を起たしむるに足る

式部自ら之を記して曰く

「正月六日建言の事ありて參與の役所に出て夕方滋野井家に參る然る處此日公壽朝臣(滋野井侍從)江州に一擧をなさんとす依つて余も其議に與る余元より公壽朝臣とは深き同盟あり(討幕攘夷につき)又義を見て爲さゝることやあるべき只此朝臣と生死を共にせんとて其儘御供して一條寺村にて人々を待合せ夜に入つて叡山を越へて夜半頃江州阿野に著し居る處へ大原俊實朝臣も兵士を牽ゐて來り給ひぬこは當正月三日夜より淀伏見の戰起りて官軍大に勝利を得一橋將軍浪華城に籠城其外二十賊(佐幕黨二十藩

を指す〕と唱へる諸藩あり依て江州伊勢志摩の間に兵を向けんとするなり
江州守山にて共に兵を合し一先つ松尾山に屯集

湖水を渡る時大風大浪なりけれは

闌か濱舟出をすれは白馬の走るか如く浪さかたつも

松尾山屯集

武士の朝な夕なに吹くほらのかひある世とはなりにけるかな

三千歳の昔の春を松尾山まつにかひある色は見えけり

伊勢路の途中滋野井朝臣

弓矢とる身にはあらねと本末を思ふ心は引もかへさし

信善

ひきかへす心ならすは梓弓只押強く思ひいれ君

浪華の幕兵敗走するときゝて

神にそむき君に弓ひくあた人のいかてか物の末をとくへき

末とくるためしもなきに人はなと神と君とに背きはつらん

伊勢路にまで兵を進め後方賊軍の上洛を防き以て鳥羽伏見の官軍に背面の憂なからしめたりやがて大坂の幕兵江戸に敗走したるを以て軍を伊勢路より返へし歸洛の上黒谷に屯集す此時式部は卷首に述へし如く黒谷人數取締を仰せ付られしものなり

黒谷屯集

黒谷の名にこそたてれ此頃は赤き心の人のみそすむ

慶喜は鳥羽伏見に大敗し頽勢の支ふへからざるを知り六日容保定敬及ひ老中板倉勝靜小笠原長行等と共に軍艦回陽丸に駕して江戸に逃れ還る七日朝廷慶喜の罪惡を聲し征討の大號令を發布せらる九日總督の宮大坂城に入り給ふ十日詔して慶喜及ひ容保定敬等二十七人の官爵を削り尋いて薩長土藝の諸藩に命し慶喜に與從せし諸侯を討じ大兵を發して江戸を

征せしめ給ふ総裁有栖川宮熾仁親王を征討総督とし西郷隆盛を総督府參謀とし少將橋本實梁を東海道の先鋒兼鎮撫使とし海江田武次木梨精一郎を其參謀とし大夫岩倉具定を東山道の先鋒兼鎮撫使とし板垣退助を其參謀とし三位高倉永祜を北陸道の先鋒兼鎮撫使とし小林兼吉津田山三郎を其參謀とし三位澤爲量を奥羽の先鋒兼鎮撫使とし黒田清隆品川彌二郎を其參謀とし仁和寺宮嘉仁親王を海軍総督とし島田左馬吉を參謀とし巣内式部御親兵一隊の長として之に加はる檄を沿道に傳へて海陸並び進む時いで親征の詔を下し車駕大坂に幸し給ふ諸藩皆怖れ相繼きて降服し或は關東に逃るゝものあり是に於て關西復佐幕黨の隻影を見す

一二　北越出陣

天顏を拜す

前記仁和寺宮海軍総督として北越に向はゝにつき式部の自記する處左の如し

慶應四辰年六月廿二日奥羽北越の賊徒蜂起に依り兵部卿純仁親王(仁和寺純仁親王後ノ小松ノ宮彰仁親王)総督として北國に下向其時御親兵百三十一人を率ゐて同時に出陣此日禁中紫宸殿の大庭に召さる　畏くも天顔を拜し奉り並に禁中に於て総督ノ宮を始め一同へ酒肴を下さる夫より川東の練兵場にて祝炮といへることあり尋いて三條を東に進み大津にて宿陣

天顔を拜し奉りて

かしこさに落る涙は何故と問はんとすれは倚こほれけり
天皇の御言かしこみ鳥か鳴く吾妻えみしを討てし止ん
久方の月日の御旗なひかせてますら猛雄に御酒賜ふなり
鳥か鳴く東夷を討んとて出たつ今朝の心嬉しも

廿三日卯刻大津の驛をたゝせ給ふ粟津の松原朝風涼しく吹き渡りて木の間に錦の御旗ひらめき月日の光りまばゆく見えて兵士の打續きたるけに

王の御軍かくありてこそと思ひ侍りし
朝またき思はぬかたに出る日の影は御旗の光なりけり
今日も又君か爲にと盡すかな數へらるへき身にはあらねと
廿四日は守山の驛をたち鏡の山を過く
かゝみ山曇らぬ御代の印とや月日の御旗空にかゝやく
廿七日は越前の國敦賀の港に著陣あらせ給ふ翌廿八日水戸の義士武田伊賀守(耕雲齋)等の墳墓に詣て給ふ然るに早や四とせばかりの昔となりけれは草木生茂りて一つの山となりぬこゝは武田父子を埋めかしこは誰を彼をとて案內の者山を巡くりて指し教ゆるを聞くに淚止めかたし凡四百人はかりも埋めし處なれはさなから森の如し思へは前つ方「よしや君こち吹く風は荒くともいかてかへしのなくてやむへき」とよみて君(武田)に與へしか今しも思ひよらす此處に來りて目の前に君の塚を見そゝろに昔を思ひ浮へて淚せきあへす

今は世に何はゝかりもなき人の跡忍ふにも袖はぬれけり
　なき人の跡かと見れはこれそ世に誠をつみしやまとたましひ

此處より海陸二手に別れて越後口より出羽奥州の方へ押寄すへしとて軍艦の來るを待つ其間日々今濱の松原と云へるにて練兵す

船もよふ〳〵來りけれは文月六日の夕加賀の豐島潟と云へる船に吾等並に五番徵兵八十二人御親兵百三十一人乘れり富久丸と云へる船には宮の御方を始め奉り壬生どの以下兵士凡貳百人許乘る住吉丸と云へるには輜重器械方を始め人は少くして荷物のみ多く積みぬ折しも雨いみじう降りていとも〳〵わびしかりき翌七日のあけ方宮の御船沖の方へ進めば續きて我豐島潟之に從ひ住吉丸も續く四五里はかり行程は風もさまで吹ざりしかやかて追手よく吹き出て其涼しさいはんかたなし漸く夜に入りて七日の月清くまん〳〵たる海上は漁する海士のたく火處せきまで見えて其數を知らす海の面はさなから市をなしたる心地せり

越の海さはつる海士のいさり火に市を見せたる秋の初風

行くほとに越前の御崎といへるも遠くなり加賀能登越中の國々も遙にな
りて山の形うす〳〵として見ゆめりこは船の向きかたによりてのことな
るべし

八日朝方に至りて又能登の御崎遙に見ゆ午の刻には能登のはな近くなり
ぬ又次第に佐渡の國も遙にうす〳〵として見えぬ元來滋野井侍從公壽朝
臣佐渡の國鎭臺として長府の兵貳百人隨從の命あり余も亦御供して此國
に下るへかりしを北越平定にならざるか故に都に留らせ給ふなり(公壽卿
は後に甲府の城主兼知府の命あり彼國に下向)

今般余の御親兵を預りて御先に下り侍るに付ても朝臣の如何に待久に御
坐すらんとはるかにおしはかり參らしぬこは滋野井殿とは深く盟約せし
廉あり殊に江州にて兵を起してより今日御親兵を預りて北越に下るも此
朝臣の厚く物せし給ひし兵士なるか故に君に先立ちて下りけることを深

く思ふなり猶又柏崎滞陣中御親兵ひと手にして佐渡の國を平定せんこと
を越後の有志輩とはかりしかとも折から軍勢少く船も亦無くしてやみぬ
九日巳之刻過よりして佐渡の國弓手の方に見ゆ昨日より今日はとり分山
の如き浪立て風はますく荒く吹て島も山も見えず兵士等そこゝに倒
れ臥しまろびあひていともくも苦しげなりしかゝる時に外より船を寄
せて襲ひ來らばいかゝして防くへきや我皇國は海國にてありなから海の
軍の練ることとに怠りて此法なきは歎きても餘りあり

物思へは舟も涙も止まらす荒き越後の沖の浪風

夜は九日の月明に海の上を照らしあたかも玉を洗ふか如し風は荒き浪の
上を吹てまのあたり見るへき島影もなく漸く曉に至りて今町の港目の先
に見ゆれとも風惡くて或ハ遠く或は近く見ゆるのみにて舟つくことを知
らすよふく夕方になりて港近く著きぬ錨を下し小舟をやりて迎ひの舟
を呼ひ兵士等殘りなく向ひの岸に上け夫より一同上陸偕昨日一昨日沖に

て大風大浪にゆられて先に出ましゝ宮の本船も後の船も見えず
越の海荒き浪風こゝろせよ宮の御舟の行衞知るまて
偖上陸して聞けは宮の御船は昨日此港へ著き夫より直に高田の城下へ進
軍のよし後の船は未た見えす此處に井田年之介と云ふ有志あり當夏京に
上りて越後事情を建言す此時は此人に逢はす同志高橋竹之介變名芳我喜
七に面會北越の同志二人滋野井殿に面會可致約定の所北越敎導の命あり
て既に出立に付面會せす
十日高田に著陣十四日高田進發黑井にて小休片町にて晝食柹崎にて宿陣
此邊の道多くは海邊風荒きにより木々傾きなひきて世の常の氣色にこと
かはりておかし路は砂路にて歩行いと苦し故に浪打際抔行くに砂固まり
てよし米山峠と云へるはさしも名高き山なから高くはあらす幾たびか上
り下りしていと物うし
偖音に聞く鯨潟の浦民家多く賊の爲に燒かれて實に憐むへく賊の仕業惡

みても餘りあり夕方に至りて柏崎の港に著陣

廿一日出雲崎へ出兵

廿三日久田の細木山と云へる所ありその高く聳へたる峰に臺場を築き此處に薩州の兵と長州の兵と兩隊にて固む又此山の下濱路に加州の兵士守れる陣所ありこれも臺場を築きて往來を塞きたり此二ヶ所の外に山の横手に小臺場あり此三ヶ所を受取つて守る廿三日より此所にて日夜炮戰ひまなし

曉の老の寢覺もなかりけりたゝ夜もすから軍のみして

去る程に七月廿三日より細木山のいたゝきに臺場を築きて日夜戰ふ終に八月朔日又大雨中進擊賊兵の臺場を打崩し山田村に進軍分捕數多し夫より進みて八月三日彌彥の宿に著く暫時休息の上直に吉田村に進む夫より三條新潟龜田新津水原五泉笹岡出湯五頭山の固めを經て新發田の城下に至る

當時我陣中に當國粟生津の產長谷川正傑(鐵之進)並に同高田の產室孝次郎等あり右長谷川正傑は嘗て久しく長州にありて隊長たり長兵京洛外に來りし時は使番を勤めて淀氷山の應接方たり此夏生國の大變を聞いて歸る時京にて送別しぬ其時集會の人は對州の多田莊藏筑の藤四郎竹村多勢子池村久衞等の人々なりき

此時余のよめる

世を深く思ひ越路のかへる山かへるかひあれ天皇の爲め

長谷川正傑略傳

長谷川正傑は越後國蒲原郡粟生津村長谷川誠の第三子なり名は正傑字は公興強庵と號す幼名は谷治鐵之進は其通稱なり人と爲り倜儻不羈長身高骨面色鐵の如く眼光炬の如し好んで大刀を佩ふ幼時學を同村鈴木文堂に受く既に長して江戸に遊ひ贄を朝川善庵に執る居ること年あり善庵歿し

則ち去つて常毛の間に遊ひ帷を下し徒に教授す婦を娶つて男を生む夭す此時に當りて邊警急を告け天下騒然たり鐵之進乃ち妻を外家に託し生徒に謝し海内に周遊し以て天下の形勢を觀察す文久癸亥京都の變に三條實美等の七卿に從て長門に奔る三田尻の役實美の命を奉し防長の間に奔走し忠勇隊を督す又自ら兵を募り忠憤隊と號し其將となる大樂源太郎德田隼人等之を佐く元治元年長門の老臣福原元侗（僩カ）國司親相等に從ひ京都に抵り會津の兵と大に戰ひ敗績す後ち四國に走る慶應三年丁卯奥羽に遊ふ是冬十二月東國より京都に上り途中足疾に罹り床に臥し月餘を閲す

戊辰王師北征す鐵之進御親兵隊長巣内式部の隊に加り之か嚮導となる其明年己巳の春朝廷其功を賞し祿若干を賜ふ庚午の夏其師の喪に郷里に走る既にして京都に還へり辛未の秋疾み以て歿す年五十鐵之進平生酒を嗜み醉へは善く怒る狀貌夜叉の如し人近く能はす僕善助と云ふ者あり善く之に事ふ或人善助に謂て曰く長谷川氏暴怒甚し子の頭日々大烟管の打擊

を被らさるなし盡そ去て他に仕へさるやと善助泣いて曰く主公嘗て僕を死に救ふ僕の身は卽ち主公の身なり僕未た報する所あらす且夫れ隆冬自ら衣を脫して僕に賜ひて曰く汝の寒を見るに忍ひすと世間僕を愛す寧ろ復た主公の如きものあらんやと其人爽然として自失して去る善助は信州伊奈郡の人亦好んて太刀を佩ひ結髮太た奇なり字して珍髮と云ふ常に鐵之進の命を奉し東西に奔走す初め寒暑雨雪を避けす鐵之進の京都に客死するに及ひて其木主を奉して粟生津村に歸葬すと云ふ

因に

右の中竹村多勢子と云ふは女性なれとも勤王の志篤く常に勤王の志士と交りて國事に盡瘁す善く機密を探りて常に式部等に便宜を與ふ略傳を左に記すへし

「竹村多勢子は竹村氏の女にして信濃國伊那郡伴野村の農松尾佐次右衛門の妻なり幼より和歌を好み老て平田篤胤の門に入り勤王の志士

と交る婦人たるを以て幕府の嫌疑を蒙ることなく善く機密を探偵するの任を完うせり京都に在るの日事露れ捕吏の至らんとするに會ふ多勢子報を聞て駭かす從容鏡に對し髪を理す人促して遁れ去らしむ答へて曰く婦女の身奔るとも及はし吏の來るを待つて自殺せんのみ唯蓬髪鬖々たらんは女子の耻なり故に將に髪を理し衣を改めんとするのみと品川彌次郎渡邊玄包來り促して長州邸に迎へ難を脱せしむ長侯毛利敬親感賞して櫻花を描金せる匕首を賜ふ又岩倉具視の親信を得たり已にして郷に歸へり脱走の志士信州に遁れ多勢子の庇護によりて生計を營むもの多し後東京に出て明治二十七年六月十日歿す皇后宮より紅白縮緬を賜ひ其志を賞せらると云ふ

維新の頃京都に上る時鏡山を過きて

「鏡山心のくまも晴れにけり

　立返へる世の面影を見て」

との詠あり

閑話休題

八月朔日大雨中大に進擊して賊の臺場を燒盡くし山田村に押寄せ夫より加賀高田の兵と共に進み又奥は長岡の方も同時に進み諸道一時に道聞け彌彦に兵を會して更に吉田三條に迫る又舟手は新潟松ケ崎より進み新發田村松五泉を經津川口に攻め寄せたり賊徒支ふること能はす終に平定す尋いて奥羽地方も平定し暫時新發田に宿陣せしかやかて新潟に移る暫くして新潟に招魂場を設け戰死士の靈を祭る此所に総督の宮參らせ給ひける時御供にさむらひて

武士はかくまても身をつくし櫛さしくむものは涙なりけり

浦山しかくこそあらめあらすともけかさぬ祖の名をはとゝめん

右終りて凱旋の途につく此度は途を信濃に取り美濃近江を經て歸洛す

途中關山を越ゆる時長男信賢御親兵となりて會津八十里越の方に向ふときゝよみて遣ハす

かへりみて親な思ひそ君か爲死ぬる習の武士の道

信濃國諏訪の町離れの田の中に故相樂総藏本名小島総藏の墓ありこの人始め江戸薩邸にありし時幕府吹上城を燒討せんと圖りしが遂けす後ち余等の企てし江州一擧の節大原殿の手に加り尙又滋野井大原両朝臣の建言を持して金輪五郎と共に京に上り役目を完ふして歸へりし後今度征討使の手につき先鋒を承りしを或事によりて死を賜ふ

君ひとりうきにはあひぬ國の爲同し心に盡しゝものを

諏訪の海深き心をこゝろにて盡しゝかひも淚なりけり

都につきてよめる

夏衣立出し時に思ひきや生てふたゝひ歸るへしとは

あふ坂の山路は越へぬ夏衣今日をかきりと思ひ立ちしを

式部等歸洛するや左の御沙汰書を下さる

破損

多分集内式部ト
アリシナラン

征討ニ付軍曹トシテ出張遠路跋渉日夜攻擊到ル處功ヲ奏シ今般凱至
之段其勤勞不少候此節
御駐輦之儀ニ付不取敢被慰軍勞酒肴被下候事
但春來兵事ニ付　大宮御所ニモ御内々　御憂襟被爲在征討兵士
之艱苦ヲ恤敷被　思食日夜平定ノミ御祈念之折柄今般凱旋之趣
御内聽被爲在御喜悅不斜猶又御留守中ニ付歸陣之者厚く慰勞候
樣御内諭被爲在候事
十一月　　　行　政　官

又翌明治元年正月には官軍兵士の戰死者祭祀並に其遺族御扶助之爲式部等に對し深き御思召を以て部下戰死者の調査方御命ありしものの如く左の達しあり

破損　賞之
被爲擧候時ニ
當リ彼輩盡忠
之志節
御愛憐被　遊
度
叡慮ニ付今般
死亡之者ハ祭祀
其妻子及ヒ現存

之者ハ收錄御扶
助可被
仰出候條府藩
縣共
御趣意ヲ奉體
認其管轄中
無洩取調可申
出候萬一不取
調又ハ壅閉之儀
有之候テハ
朝廷之
御盛意ニ相戻候
事ニ付屹度相心

得早々姓名鄕貫
等細詳取調二
月中可差出旨
更ニ被
仰出候事

正月　行政官

右之通被
仰出候間相達
候事

二月　軍務官

一三一　車駕東幸

明治元年九月二十日
天皇輔相岩倉具視議定中山忠能等を從へて京都を發し東海道を經て東京に幸し給ふ車駕過くる所沿道の式內社に奉幣し親しく民の疾苦を問ひ沿道の孝子義婦を旌表し高齡者に物品を賜ひき十月十三日車駕東京に入らせ給ふ大総督熾仁親王鎭將三條實美等品川に奉迎す是日江戶城を以て皇居とし改めて東京城と稱せらる
十一月熾仁親王東征の功を奏し錦旗節刀を奉還す十二月車駕西還す
翌二年三月車駕再ひ東幸す
右につき式部に對し左の御沙汰あり

此度
天皇東京へ御再幸被爲在候ニ付而者
軍曹の者御召連に相成候旨今日陸軍

將より御沙汰に付此段申入候也
尙御當日ニ者無之日限者いまた
相分不申追而可申入候
三月五日
軍務官
巣内式部殿
今般東京へ御召連ニ相成候ニ付尤御
通達申度儀有之候間明十四日巳ノ刻
御出頭有之度此段申入候也
三月十三日
軍務官
取調役所
巣内式部様
右ニ付式部の日記左の如し

然る處三月十三日軍務官より御達來十六日伏見兵隊取締東海道を可行也との處又替りて來十五日浪花より船にて相廻り可申樣達し有同日兵部卿宮幷ニ烏丸宰相中將殿以下軍曹其他二條監察以上兵士等也同日夜浪華に著し同十七日大坂知府事西四辻公業朝臣に謁し色々御物語り一酌有り餞別いろ〳〵賜はる偕朝臣の仰せられ候者去年九月九日東京にて主上の御前にて御酒給ひたる折しも奥羽北越平定の報知ありければ詠みて奉りたるとて示さる

万代を祝ひて汲んみちの國ことむけしよと菊のさかつき

同廿日宮と烏丸殿は蒸氣船にて先つ出船せられ軍曹以下御親兵は帆舞船にて出發二十一日は風なぎて我四國の島かけうす〳〵と見ゆ其夜は紀州大崎の沖に錨を下して船を留む二十二日は朝は日よりよく追手よく吹きたるが漸く七八里はかり行しと思ふ頃より俄に天氣惡くなり雨風のつよくなりて船の中騷かしくいとまなき折柄淺瀬に乘り上けていかんとも仕

方なし漸く助船來りて深き處に漕き出しぬ折しも雨風益々つよく浪さかまきてその騒かしさいはん方なしよりて兵士等是より上陸の論起りていとも〳〵かしまし偖よふ〳〵夕方に至りて大崎の港に船を止めぬ風益々つよくいつやむへしとも思はれず夫より上陸宿に入る二十三日大村藩井上三四郎外十八人はつひに上陸陸路を取る廿四日船を出す追手よし二十五日夕方志州鳥羽領まと屋浦に船を止む

二十六日皆々伊勢の御神に參詣殘る者は松岡高橋齋藤予外両三人而已卯月二日船將と示談伊勢神宮に參詣の上陸路を取ることゝなし二見の浦に出て神社と申へ行は參州吉田へ便船ありと云ふによりて行く風甚た烈しかりしがよふ〳〵神社に著し四日八つ後吉田に著す夫より舞坂にて止宿茲にて聞けば高松實村朝臣當地に御止宿のよし待合はせて行度は思へど是より甲州に行いて滋野井侍從殿に(甲州の知府)逢はんと思へは書を殘して先へ行きぬさて此日は日坂に止り六日江尻に止宿七日沖津より甲州

身延街道を行く南部と云へるに宿し八日甲府に著す來りて聞けば知事は此朔日東京へ出られしよし故に權知事土肥謙藏に面會大に國事を論す加藤隼人吉岡柳太郎等來會此處に二日足を留めて土肥氏と物語せり十一日は猿橋に止宿十二日吉野宿本陣重郎彥十郎に面會夫より武州駒木野落合五十馬に面會こは信州伊奈縣の大參事落合源一郎の弟なり十三日は日野十四日東京に著し直に軍務官に入る」
東京滯在は其年十一月頃までなるか如し其間如何なる事をなしゝや審かならす記錄には只井上文雄三輪田綱一郎吉岡鐵藏抔と往來せしこと抔散見すれとも別に記事なし
左の公文書あれどこれ東京滯在中のものにや將又京都に在りし時のものにや

急御談申上度儀有之候間早々只今

御壹人御出可被下候以上
八月三日　本陣

御親兵
長官各中樣大急

急御談之儀有之候間早々只今御出
可被下候以上
八月七日　雲浦口本陣

巣内四鬼武樣大急

拜面之上御示談申上度事有之候間
明後十二日巳ノ刻頃より乍御苦勞

役所迄御出仕ニ相成候樣仕度此段
申入候也
十二月十日
軍務官
取調役所
巣內式部樣

一四　橫井參與殺害事件

參與橫井平四郞諱は時存小楠と號す肥後熊本藩士也性質聰明にして思想に富み加ふるに非凡の識見を以てす勝海舟嘗て嘆して曰く橫井小南の卓識は予等梯掛けても及はすと明治元年參與に任せられ從四位下に敍す當時平四郞年齒最も高く大政官中の老先生として上下に敬重せらる然るに式部等勤王志士の間に於ては當時小楠は大なる問題の人にして之を目して危險人物となし常に其言行に注意を怠らす血氣にはやる者等は動もすれは之に危害を加へんとす左の書簡の如きも其の消息の一端を語

るものなり

「昨日は御光來被下忝く奉萬謝候然ハ御約束の銀山一擧(平野國臣生野の旗擧を云ふ)死亡の姓名等別紙に認め差上申候間御受取可被下候其節被托候平四郎罪狀の次第委敷ハ分り不申候得共肥後藩南木四郎ト竹中某と両人にて切懸候得共不果志候趣にて南木四郎は大日山にて割腹致候竹中ハ藤村四郎の舍兄に御座候間藤村へ御探索被遊候ハ、大抵事情相分り可申奉存候先ハ用事而已乱筆如是御座候

頓首

二月十四日　　西村敬藏

巣内式部先生侍史

又藤本津之介(鐵石と號す大和天誅組の首領)の如きも横井を目して我國躰を破壞する者となし之を斬らんと附け徂ひしも果さす左の狂歌を物して其友伴林六郎に與へしことあり

すくな道横井とりなす平四郎
　十文字なる木にのほさはや
當時横井平四郎か五倫を革めて四倫となす云々の極端なる意見を發表せし著書として志士間に八釜敷問題たりし五部の書につき金本歌藏なる者より式部に報告し來りしもの左の如し
一　○帝論（暫く一字を欠く）
一　天壤非説
一　天照太神私言
一　武家非錄
一　公武讓言
右寫し人　京都の人　梯　信　造（死亡）
賣主　黑門出水角　上坂新次郎
外ニ

賣主　大坂心齋橋　河内屋和助
同　御堂筋北久太郎町西入　河内屋喜助
買主　京都八坂神社神主　山下貢

横井參與に關する件は以上記錄によりて明かなるか如く天下志士間の大問題にして特に「其五倫を革めて四倫となす云々」の意見の如き志士の激怒を招きしものなり然し式部等は尙愼重の態度を取り只管事實の確證を得んことに焦慮せる折柄過激の徒突如之に危害を加へぬ時は明治二年正月五日横井平四郎退朝の途中寺町丸太町に於て凶刄に斃る下手人は元備前藩士上田立男同土屋延雄尾張人鹿島又之丞(福岡藩へ預ケ)十津川人前岡力雄同中井刀禰男(二人脫走)柳田直藏(討死)其外關係者上平主税大木主水谷口豹齋鹽川幸平中瑞雲齋若江薰(女子にして慷慨家)鼎建(女子ならん)金元顯藏前木鏡之進瀧久雄海田十右衛門三宅靜馬横田次郎大熊熊藏藤木肥後守松

本巳之介子安地藏之介岡本五郎右衞門同喜代三郎田宮喜平治鎌上淸記千葉德次郎同國太郎舟橋武十等なり

右決行後政府部內に於て刺客の處分につき議論沸騰して容易に決定に至らす世論亦囂々として起り諸有志の意見を建白するもの多く彈正臺亦鋭意事實の探究に努め確證を得んとす此間に於ける式部の行動及建言等以下に採錄す

增山某より式部に送りし書狀

「御急書拜見仕候如仰昨日ハ態々御枉駕被成下候得共心外の御咄のみ(橫井の件ならん)にて御思召の程恐縮之至に奉存候

偖今日北野馬場關にもいつれも申合せ正木先生邸ゎ參り可申との義不相變無御見捨候段者重々難有奉存候思召に隨愚輩共いつれも晝頃より出浮可申候只今程ハ両人とも昨日の末にて出邸仕候間歸り次第具に思

召の程を申聞可有御座候將又天壤非説一件者過日より(不明)承知仕候間
折角内々盡力致居申候余は後刻拜顔万々可申述候得共荒々御答迄如斯
御座候不一

十六日　　　　　　　　　　　　　　増　半
鳴カ
鴫生様

右の外此件に關する往復書數通あれとも憚る所あるを以て茲に記さすトニ
カク當時志士間には最も八釜敷問題にして事實の有無意見の程度等につ
き日夜探究に努めたるものゝ如し

式部の自記左の如し

然る所同年冬東京彈正大弼備前侯の命を持し柳川藩小野小巡察急使に
て備前ぇ下り奸魁横井か罪狀確證を藤本津之介(鐵石)か後家之方(夫亡人)

へ求めに被遣候處此家には一物もなし依而徒らに京迄歸へる然る處予か此秋東京より歸りて後大に盡力の事を聞いて予を訪ふ依て是迄横井が奸惡を集錄せる物を以て示之同人大に歎ひ度々予を訪ふ彈正臺にはケ程迄心を入れて彼等を助けんとす偖直に東歸可致之處此手掛り有之か故に此約りの相分る迄京地に逗留可致と也故に前件の事を審に申示す右ハ正木昇之介か從者増田金藏を浪花にさし下し横井著述五部之書を書附に致し大坂河内屋ぃ爲相尋候處なしと答ふ然るを一時の策に依て前廉に我見たる故に其事を主に申依て我等求めん事を以て今度態々下候處今日に至り何ぞ見せさると責む其時和介の子和三郎得と考へ入りて後夫成ば前方御覽に入候御方樣ハ君にて候哉と申實は其本前方京都田中屋治平方へ爲持遣はし都合三十册の内五册を分て殘二十五册室町姉小路角松田屋幸介へ賣渡す幸介は此節大坂に住居の所紀州より姫路邊へ參り居候よし故に河内屋には右の書物無之事を爲書京に歸る依

て京都田中屋治平方を調へ見候處不知を以て答ふ故に其元を探索せん事を以て浪花に下り愈々不分上は豐後鶴崎へ矢野束を遣はし可申と申約定にて浪花へ下る時に十一月四日也大坂八軒屋に著す尤も悴鬼藤太增田金藏矢野束同道大坂にて鍛冶天國壽山等同道直に和介を呼に遣はし候處夕方不成しては不歸候由夫より五日呼立右之趣申聞候處不知を以て答ふ猶明日帳面を以て旅亭に來らん事申付両人歸る翌日親子來る依て始よりの概略を申聞け始め五部の書目錄を以て有無を問ふなしと申故に策を以て前に一見せしと云ふに實は京都田中屋と松田屋両家に賣れりと申書附を出す然るに今帳面を見れは雜の寫本四十六册を田中治平方に賣り內十二册を取り殘り三十四册の處三十三册松田屋に賣りしとあり尤も辰五月也其前金藏相尋候時帳面を前に置き三十三册の內を田中屋へ賣ると申二十五册を松田屋へ遣はすと云ひ本數の違ひと申特に其時五部の書目錄を以て之を尋ぬ然るに始はかくして後に實を告

く依て之を責む只々思ひ誤りと答ふる而已、、、中略、爰に岡の藩士矢野東と申人浪花肥後邸にて鶴崎毛利イタルの子息タヾスに面會の節我親天壤非説を持てりと云ふ故に同夜矢野を豐後鶴崎毛利の邸に遣はしぬ尙西國の事情を探索せん事を託して立たしむ猶彈臺油川に談じて十両を借用外に廿五両を添へ卅五両爲持同夜出船せしむ

同六日大坂府內佐久間守衞介喜多田三郎箕田貢一郎林〇(不明)寄りて一酌すこれ等皆黑谷隊より出たる者也同七日知府事西四辻殿に拜顏夕暮八軒屋より乘船京に歸へる其後古賀大巡察肥後を探索して天道革命論を得たり此書を以て小野小巡察は火急東歸せり

日々寒氣强く御座候處益々御勇健

御起居奉賀候昨夕ハ折角御尋被下

候處忽忙之折柄ニて失敬打過恐縮

之至也其節御談之事件ニ付河內屋

和助呼出し勘問に及候處偏ニ相祕し居事情明亮不仕候間卽時忰和三郎呼出し猶又篤と勘問に及候積就テハ昨日拜見仕候本屋之文通書等確證之書類今一應拜見仕度恐入候得共此者へ向ヶ御遣はし可被下候樣奉願候他者拜眉　草々頓首

十一月六日　　　般來巡察屬

巣内　鴫（鴨カ）生樣
急用

貴翰拜見仕候然者岩崎等すてニ只今出立仕候處ニ御座候扨て諸先生御厚志之御取調ニて天壤非說御探

索出來候由勦き初いつれもの悦無
此上候且また過日拜借之書類御返
申上候煩御使赤面之至奉存候書余
者拜顔之節可申上候
早々如此御座候
十月廿六日
巣鴫〔嶋カ〕生樣　増山守
其後は打絶御疎情相過如何共不知
所謝追々寒冷之候益御多祥奉欣喜
候過日於東京拜顔後陋儂も歸京後
は彈正臺出仕奉命碌々起居罷在候
間乍失敬御安意被下度候扨亦陰ニ
承候處於先生者横井之書籍御手懸

り被爲在候哉に傳承右者方今(不明)折角確證探査之爲メ於僕も夙夜焦慮罷在候折柄何卒聊ニ而も御手懸り御座候ハヽ爲御聞被下度夫共ニ拜顔ならでは御敎示難相成候ハヽ早速參邸可仕多忙中以書中不顧多罪如此御座候草々頓首

廿九日

巣内式部様 御直披　新井讀之助

建言(抄出)

謹按スルニ刑罰ハ列聖之同シク軫念シ玉ヒシ所靑史ニ昭々タリ今復何ソ贅センヤ今ヤ

御復古ノ始政ニ當リ天下人心ノ服否最モ茲ニアリ今年正月五日京師寺町
ノ事ハ維新以來ノ事旬日ヲ不出シテ四方ニ喧傳セリ彼刺客六名ノ内三名
ノ罪科（一人ハ斃レ二人ハ脱網三人ハ就縛）今日ニ至リ群議異同未已ト竊ニ
惟ルニ此御處分ノ當否ハ實ニ
聖德ニ關係ス然ルヲ某等緘默セハ平生忠愛ノ誠ニ負ク故ニ冒萬死論列如
左

中略

彼刺客等素ヨリ不學無知ノ者ナレバ
朝憲ヲ犯スノ罪タルヲ忘レ報國ノ事ハ此姦ヲ除キ
朝廷ヲ蠱惑セサラシムルノ外ナシト一途ニ心得シヨリ右ノ擧動ニ及ヒシ
ト見ヘタリ其志ハ憐ムヘシト雖モ豈罪ナシトセンヤ某等虛心以テ之ヲ斷
センニ六名中五名ノ者ハ決行ノ儘直ニ刑官ニ就キ其處分ヲ待ツノ心ナク
潛匿シテ朝家ノ紛擾ヲ致シ剩ヘ許多ノ連坐ヲ生セシハ卑怯ナリ且殺身報

國ノ士道ニ背ク又他三名ノ者ノ如キハ數日ニシテ靦然就縛是レ罪ノ大ナルモノナリ然ルニ下獄ノ後一名ノモノ自ラ首謀ノ實ヲ吐キ嚴刑ニ就カント請ヒシヨシ是レ尙士氣ノ在ルアリヤ、稱スルニ足ル故ニ餘二名ノ捕獲ヲ待チ一同割腹ヲ命セラル、コト至當ナラン雖然横井徵庸中在廷ノ人其姦ヲ不辨蘇洵ノ眼力ニ乏シカリシハ

朝家ノ御爲メ不幸無此上濫擧ノ責恐ラクハ歸スル所アラン且維新以來殊ニ寛大至仁ノ

叡慮ニヨリテ叛人ト云フトモ死スル者ナシ況ンヤ忠愛ノ赤子ナレハ、、、中略、、、、、彼三名ノ者死一等テ減シテ永ク筑藩ニ幽蟄ヲ命セラルヘク餘二名ノ者既ニ死セハ已ムモシ偷生他日被捕ンカマタ何レノ藩ニカ永蟄ヲ命セラルヘシ彼徒ニアリテハ屠腹永蟄何ソ撰ハン但

朝廷ノ至仁至公ヲ天下ニ明示セラレンコト今日在省ノ諸君子豈之ヲ勗メサルヘケンヤ某等不勝懇願切望之至　恐々謹白

巣内式部
吉見禎介
和田肇
三輪田綱一郎
伊藤良馬
丸山作楽
中川潜叟
疋田源二郎等

其後ノ消息

過日建言伺ひ出之所歎願の情委細ニ廟堂ニ上達貫徹致候由待詔院照幡氏より被申聞候事

尙又十九日照幡氏より横井斬姦之三名
朝廷思召被爲在候ニ付死罪之儀御延引被仰出候旨御達有之候事

爾後の經過につき記錄なきを以て其結末の如何を知るを得さるを遺憾とす

一五　興覺寺

式部か明治三年五月圖らすも罪を得て鄕國に禁錮せらるゝに至りし因由を尋ぬるに時は明治二年十二月二十日(諸書には多く九月四日とあれと今式部の日記に從ふ)兵部大輔大村益次郎京都に於て暗殺せらる横井參與横死後未だ一年ならすして再ひ此凶變あり特に大村大輔は長州出身の大立物として當時政府部内に於て最も尊重せられし人なれは世人の驚きは勿論長州方の人々に取りては宛も親を失へる如く悲痛憤慨遣る方なき有樣なりき下手人は六名にして何れも直に縛に就き斷獄の上各梟首せられぬ

然るに右下手人伊藤源助金輪五郎五十嵐伊織等六名の者は皆維新の志士にして嘗て式部の部下又は友人として共に國事に奔走せし人々なりしかば式部は彼等か梟首せられて幾日子を經過し無慘にも風雨に曝され烏群の食餌となるを憐み既に處刑の後なれは最早死屍には罪なかるへし昔日の誼みに彼等を供養し遣らんと思ひ立ち兵部省に向つて公然其首級埋葬方を出願せり

然るに前記の如く長州方の人々は痛歎巳まさる折柄とて以ての外なりと憤り翌二月「天地容る可らさる大賊に對し其首級埋葬方願ひ出てたる儀不屆の至り堅く吟味の次第有之候條謹愼申付候」とて先つ大目眼を喰はして之に謹愼を嚴命し爾後連類の嫌疑を以て頻りに事實の探究を爲したるも何等の形跡なかりしを以て同五月に至り

右連賊の首級埋葬方出願せし不心得の廉を以て職を免し歸籍禁錮を命せられぬ式部は甚た以て心外となしたれとも茲に至りては如何んともせん

すべなく六月歸國暫時親戚に身を寄せしも翌四年の春より八多浪なる古元山下の一精舍興覺寺と云ふに入り一室に籠居して深く謹愼しぬ卷首一老翁の不可思議の人物として說きしものは卽ち當時の彼を云へるなり又政府の命によりて彼を預りし大洲藩は此時頃よりして藩內百姓一揆の乱起り爲めに士民其堵に安んせさる有樣にて竟に山本大參事割腹の騷動となり式部等に心を寄する隙なく其手當もそこ〳〵なる中翌五年十月(陽曆十一月)秋雨蕭々として晚鴉枯枝に鳴くの夕筆を手にし机に倚りかゝりしまゝ突如として逝けり

嗚呼彼にしてもし尙數年の命を保たんか必す靑天白日の身となりて再ひ恩命に接し相當の地位を得しのみならす勤王の功に對しやかて恩賞にも浴しつらんに不幸短命にして罪なきに罪に死せしは歎きても餘りありと謂ふ可し式部の罪なきは明なる事實なから尙念の爲め一言辨する所あらん

抑も大村兵部大輔の衆怨を買ひしは必竟彼か兵制改革を企てしに由る當時大村益次郎謂へらく今や奥羽の戰乱漸く局を結べるも列藩中戰勝の功を恃み後來或は政府の制令に違反する者あらん若かず先つ其兵權を朝廷に收め以て彼等の實力を減殺せんにはと仍て藩兵を解散し別に制度を改め総へて佛式によりて訓練し依て以て統一的軍隊を組織せんと企てぬ是れ蓋し極めて卓見にして且適當の意見なりしかとも當時維新の創業に際し時少しく早かりしかは大村は列藩兵衆怨の府となり遂に變に逢ひしかは之を式部の位地より見るに元來彼は何れの藩士にもあらす又何れの藩にも關係なし隨て藩兵の存廢の如き何等の痛癢なきのみならす兵權を中央に收めて朝廷の權力を强固ならしむるは其最も喜ふ處特に彼は元來の長州黨にして長州に同情すること由來久し大村に對しては好意こそ有ちたれ何等怨根を挾むへき事情なく歴史なし要するに古の出願は單に舊友等の刑餘の亡き骸を憫然に思ひし友情の發露のみ

法律思想の發達せる今日の御代なりせは之に由りて何等咎を獲ることなき筈なれとも時可ならす彼は實に之か爲めに嘗て君國に盡しゝ十年の千辛萬苦を水泡に歸せし結果となり世人は勿論親戚故舊さへも彼を目して恐るへき罪人となし之に近くを憚りしのみならす彼か事は口にするさへ恐れたりと云ふに至ては當時の時勢已むを得すとは云ひなから眞に心外千萬なりとす

斯の如くにして星移り物換り烏兎匆々茲に五十年彼か盡忠の事蹟は全く地下に埋沒し去りて殆んど口碑にさへも傳はらす八多浪丘上一片の墓石は徒らに風餐雨蝕して弔ふ人もなく只傍の老松のみ長へに墓邊を護り秋夜人定りて謖々として獨り英雄未死の魂と語るあるのみ

解題

藤井貞文

一

大正十一年十一月に日本史籍協会に於て印行、頒布した『巣内信善遺稿(スノウチノブヨシ)』は、伊予大洲藩の勤王家巣内信善が維新の前後に於て国事に奔走した当時、折に触れて心事感慨を和歌に托して詠んだ歌集七冊及び伊予の人長井音次郎氏が著した彼の略伝一冊より成っている。

勿論、その和歌の多くは、自ら「慷慨歌集」と名づけた如く、国事の為に或は東西に奔走し、或は獄中に呻吟し、或はまた遠く軍旅に従って遣る瀬なき憂悶の間に発した心事を現わしている。従って単に風流韻士が花鳥風月を弄ぶのとは、自らその態度が異る訳であって、尋常の文学史の中に於て論ぜられるべきものではない。

当にこれ等の和歌は明治維新と言う異常な奔流の中に投じた身の体験記でもあった。固よりかゝる劇しい体験は、当然その儘に文学へも成り得るが、彼の場合は謂ゆる文学とは稍〻程遠い。或は文学以前とも謂うべきか、志士の文学として別に一つの項目を設定すべきであるかも知れない、と言う意味に於て一つの意義を持つが、今の場合それを論ずる余裕はない。兎も角も彼並にその同志の心中、或は行動を知り得る史料としてその伝記を補うには十分である。次にその内容を大略説くであろう。

二

『巣内信善遺稿』は、「慷慨歌集」一・二・三・四の四冊。「慷慨春秋歌集」一冊。「詠草」一冊。「詠草并幽囚記」一冊及び附録「勤王家巣内式部伝」一冊の八冊から成る。次にその梗概を記すと、

一、「慷慨歌集」の第一冊は、慶応元年三月彼が仕える左兵衛権佐高松実村が石清水社臨時祭に舞人として参向するに随行した時の和歌に始まり、更に同月高松実村が東照宮二百五十年遠忌の執行に勅使として下向した時、これに随行して中山道を通行し、日光より江戸に出た迄の歌を集めた。途に家郷を思う歌を詠みつゝ東海道を帰京した。途中、中津川で間秀矩・松尾多勢子・大山直路・飯田守人・平田鉄胤等と交歓し、殊に武田耕雲斎等の水戸浪士の西上に心を動かした。

一、「慷慨歌集」の第二冊は、慶応元年閏五月に信善は国事の嫌疑に依て新選組の手に捕えられ、京都六角の獄に投ぜられ、同三年十二月の王政復古に依て釈放された囚獄中の和歌集である。彼は獄中に於て

孝明天皇の崩御を聞いて歎げき、同囚の川瀬太宰の刑死を憂憤し、幕府の攘夷の因循を慨歎し、新選組の跳梁を憤り、その間に彼の義気はいよ〳〵鞏固となって、その時々の和歌となって現われた。就中、同囚の村井政礼との往復の和歌の如きは、志士たる面目を遺憾なく発揮している。

一、「慷慨歌集」の第三冊は、元治元年の冬、滋野井公寿の命を受けて西国・九州に使した時の和歌に始まり、公寿及び西四辻公業等との国事奔走、新嘗祭の拝見、就中、北越方面への出征中の和歌には史料として見るべきものが多い。

一、「慷慨歌集」の第四冊は、明治二年三月に新政府に出仕し、伊勢に参宮し、東京に出で、その間に帰郷、北越の回想その他の和歌、特に数首の長歌を含んでいる。

一、第五冊は「慷慨春秋歌集」であるが、内題は単に「春秋歌集」となっている。彼が国事に奔走中に発した憂憤を支那の故事に托して和歌に詠じた集である。彼の欝屈した精神は勿論、猶ほ漢学の素養も豊であった事を知るに足る。終に長文の跋を附しているが、彼の尊攘の精神をよく示している。その執筆は慶応三年二月五日に始まり、翌三月の初に成ると言うから、当時は猶ほ獄中に在ったのであって、筆致の活気が生きて伝わる。

一、その第六冊は「詠草」と題し、春夏秋冬の四季や恋の雑詠である。比較的に懐いを花鳥風月に遣る風流士の風格を示す一冊であるが、猶ほその間には志士たる情念の世界を現わす作も尠くはない。例えば、元治元年の冬に西国・九州に下向した際の一聯の作は、単なる羇旅の歌ではなく、彼の伝記を補うに足るものが含まれている。

一、第七冊は「詠草廾幽囚記」と題す。別に「慷慨歌集」と内題している。内題の下部に「軍曹　源信善上」と署しているので、成立の年代が略〻判ぜられる。即ち彼が軍曹に任ぜられたのは、明治元年の事であるらしく、従てそれ以後に編んだものと思われる。

文久二年九月十一日伊勢神宮に奉幣使を発遣の日、彼は高松保実に扈従して初めて日御門の中に入った時の感激から始まる。禁門の変、六角獄中の幽囚、武田耕雲斎等の筑波山の挙兵、石清水社や日光への参向、西国・九州への下向、大和義挙と西四辻公業や滋野井公寿等との関係、新嘗祭の拝観等、同じく彼の伝記並に史実を補う詞書・和歌が多い。

終に「春秋歌集跋」と題する一篇を附しているが、第五冊の末尾の「春秋歌集跋」とその前半を同じうし、後半はやゝ異り、且つ末尾を略している。相互に参照すべきであろう。

一、「勤王家巣内式部伝」を附録として終に附した。この伝記は大正七年一月に大洲の人石峰長井音次郎翁の手稿である。大正六年十一月偶々長井氏が巣内信善夫人の実家玉城家の倉庫から信善に関する一括した書類を見出し、これを基礎として考査を加え、一巻の伝記と為したものであろう。蓋し信善の伝記は頗る少ないので、この一書の如きは信善の事績を先づ知るには便利であろう。

巣内信善に関する史料は、以上の如きを以て尽くるものではなく、猶ほ日記の如きも存した様であり、長井石峰氏稿の伝記にも引用しているが、今、その所在に就ては筆者は知る所がない。

三

先づ巣内信善の伝記から述べよう。彼は文政元年十一月七日伊予大洲の染物屋松井八郎兵衛の三男に生れた。母を初子と言う。幼名を民三郎と称し、諱を親善—信善と言った。後に巣内久兵衛の養子となり、通称を久兵衛と改めたが、京都に出で高松保実に仕えるに及び、更に式部—四鬼武・鴫生と改称した。妻はたみ子、一子を挙げた後、病歿したので、継室に玉城氏縫子を迎え、三女を得たと、伝記に見えるが猶ほ一男子があつて、北越の役に従軍した事が歌集の中に見える。巣内家は書籍及び薬種類を商うのを業とした。

夙く大洲市外の阿蔵八幡宮の祠官常盤井中衛に就て国漢の学並に和歌を学んだ。同門には武田升糖・青野完治や矢野玄道等がいたが、特に玄道とは親しかった。信善は長身であって堂々たる躰軀を持ち、資性は寛厚にして寡言、大度あり、家に在っては曾って叱々の声を発した事がなかったと言う。常に酒盃を愛し、読書を好み、和歌を嗜み、或は謡曲を楽しみ、興に乗じては自ら立ちて狂言を舞ったと伝える。

彼は商家の身であるが、志は常に天下国家に在って家業を顧みず、為に家道は頓に衰え、妻の苦心は尋常ではなかった。既にして徳川幕府が戊午の大獄を起し、多数の志士がその毒牙に罹るや、憂憤の義士は遂に立ちて大老井伊直弼を桜田門外に斃した。これを聞き、信善は慨然として意を決し、家を閉じ、妻子を玉城氏に預け、死別を期して京都に向った。時に万延元年六月。縁を求めて高松家に仕え、雑掌となった。是より四方の志士と交わり、大いに国事に奔走する事となった。

雲の上に照る日のかげはさしながら如何に曇れる天の下ぞも

尊王の志を一首の和歌に托している。文久二年九月十一日伊勢神宮の奉幣使発遣の儀に際し、高松保実に侍して初めて宮門を入り、禁中に庭草の茂るを見て大いに慨嘆した。

浅間しや雲井の庭の草の露かゝらぬ身にも袖ぞ濡れける

翌三年五月三条実美の命を受けて、攘夷の先鋒として大和に脱走した滋野井公寿・西四辻公業を呼び戻しに赴いた。同年十一月新嘗祭の厳儀を拝して感動した。

尊さの余りを見せて氷るらし雲井の霜に落つる涙は

翌元治元年五月二十日に姉小路公知が横死したが、信善は公知の侍者が先づ太刀を持って逃げたと聞き、大いに憂憤を発した。

此の時を思へばいとゞ涙湧き髪さかたちて歯がみせられつと。

同年七月の禁門の変には直接に参加しなかったが、長州藩士の為に秘かにその胸を痛めた。十九日の激戦には西四辻家に居てその光景を見て大いに憂えた。

かゞり火の光りも暗く更くる夜にあな覚束かな八幡山崎

既に内侍所も御動座にて、主上も御動座あらせらるべき御気色にて、一橋中納言は甲冑にて御所中を往来し、其外会津・桑名を始め階下に腰打ちかけ、今にやと待つ御庭には、御鳳輦・御板輿をかき据ゑたるを見るにも、日も暮れ、心も消ゆるばかり悲しくて、涙とゞめがたし、

云々と記し、

夷らが襲ひ集る心地してあな忌はしの今日のけしきや

と詠じた。結局、長州勢は敗退し、諸所に戦死者を遺した。彼は、

折そめし萩の錦は故郷に着ても帰らずなりにけるかな

と弔っている。

翌慶応元年三月その主高松実村が奉幣使に随行するに扈従して日光に向った。美濃の中津川に於て間秀矩と会い、酒を汲み交わして時勢を歎げき、和歌を詠じて欝屈の気を散じ、鶏鳴に及んだ。秀矩は同地の豪家で、平田家の門人である。恰もその席には信州の伊那から松尾多勢子も来合わせていた。その時の多勢子が詠んだ歌に、

吹く風になみ寄る尾花うら枯れて淋しくもあるか武蔵野の原

と言う。信善はこの夜の事を「古き友にあふが如く、正義の道同じきが故也」云々と記している。前年の十一月武田耕雲斎の一行が西上した際、同地に於て秀矩等が大いに歓待し、詩歌を贈答したと聞き、当時の日記を秀矩から見せて貰った。

翌五日に中津川を出発した。町はづれの松林の中に一基の墓を見た。即ち水戸浪士横田藤四郎と言う十八歳の少年の墓である。藤四郎は和田峠の合戦の際に重傷を負い、父の藤十郎が介錯しようとするや、耕雲斎が父の心を哀しみ、代ってその首を斬った。父は我が子の首を抱いて中津川に来たが、孰れは忠死する我が身を思い、この地に埋めた。それは同地に平田家の門人が多いので、この墓を守って呉れるだろうと期待しての事であった。この話を聞いた里人は感動し、京都の白川家から石津元綱稚子命と言う神号を受け、小祠を建てゝ祀ったと謂う。信善は「其親のこゝろの内、いかに有りけん」と記し、

留まるも行くも親子の中津川流れて深き契りなりけむ

云々と詠んで手向けた。

日光に到着した信善は、東照宮の結構荘厳を見て大いに憂憤を発した。

百敷や古き軒端の歎かれて二荒の宮は二た目に見ず

二荒山の宮を思へば天皇の居まし処は小屋の藁葺き

併し幕府権威の陵夷は既に隠すべくもなかった。彼は早くも徳川氏の余命を見て取っている。

東照宮の光りも仰がねば大樹の陰も頼まざりけり

祭るとも救ひやなからむそのかみの掟も水の沫となりつゝ

彼は悲憤慷慨して江戸に出で、平田鉄胤を訪うて夜晩くまで話し込んだ。最早や彼とても討幕に赴く外はなかった。

今は早や枝諸共に打ち攘へ大樹の陰も頼み少なし

幕府の命脉は彼にも明かとなっていた。横浜の光景を見ていよく〳〵攘夷の志は奮った。

来て見ればむさしさたなし横浜の横すかめなる夷商人

云々と詠んで東海道を京都に帰った。

翌二年五月幕府は将軍の上洛に際して危険分子を検挙したが、翌閏五月彼もその毒手に罹り、新選組の為に捕われて六角の獄に投ぜられた。併しその尊攘の志気は益〻燃え旺った。

夜の国氷の国の涯までも我が日の本を仰がぬぞなき

『慷慨歌集』の冒頭に詠った一首である。幕府が攘夷の決行を因循するを見て大いに歎げき、

神の坐す国の汚れとなるものを如何で夷を討たで止むべき

神と君祖国民に背きても夷は討たぬ浅ましの世や

将軍慶喜は水戸烈公の子でありながら攘夷の勅に逶い、不臣の行為が多く、殊に洋服を着て外国人に親しむと聞き、憂憤に堪えなかった。

君親に背くのみかはその人は夷となりて世を乱すなり

孝明天皇崩御の悲報も獄中に於て聞き、歎げき悲んだ。

祈りこん賀茂の御幸も今更に徒づら事となりにけるかな

獄中で母の夢を見る事もあった。

夢の内に正しく見つる足乳根のその面影の顕ちも放れぬ

在獄、一年半に及んで、翌三年十月十四日に慶喜は政権を朝廷に返上し、十二月九日には王政復古の大号令が渙発せられた。而して同十二日には慶喜は大坂に脱走し、同夜、彼は獄中から解放されたのである。彼は「虎口の獄中を出で、一生を得たり」云々と記し、

世の中はかくこそ有りけれ時めきし草は皆がら霜枯れにけり

と詠み、明日の春を初めて謳歌する事が出来たのである。

明治元年の元旦は、出獄と明治の新代とに会うた二重の喜びを味い、感激の頗る深いものがあった。

幾度も死なんとしつる命さへ長かれと思ふ御代の春かな

同月六日彼は滋野井公寿の挙兵に応じ、比叡山を越えて近江に走り、大原俊実の兵と合流し、松尾山に

屯集した。大坂城に楯籠る旧幕兵に備える為であった。瀬多に於て、

瀬多の橋踏み轟かし我が行けば皇み旗に春風ぞ吹く

大いに意気軒昂、松尾山に屯して、

吹きおろす大内山の春風に崩れて落つる松の沫雪

天朝の稜威を謳歌し、大坂城の旧幕兵の敗走を聞いて、

神に背き君に弓ひくあだ人の如何でか物の末をとくべき

と詠んで京都に引き上げた。

六月二十二日に兵部卿仁和寺宮嘉彰親王が北越に出征し給うたが、信善は御親兵の隊長として従軍した。彼は紫宸殿の前庭に召され、天顔を拝した。兵士一同に酒肴を賜った。

畏さに落つる涙は何故と問はんとすれば猶こぼれつゝ

鳥が鳴く東夷を討たんとて出で立つ今朝の心嬉しも

廿三日大津を発して瀬多の長橋を渡るとて、

うちつゞく御軍人に競れば短かきものよ瀬多の長橋

と詠み、廿四日守山の宿を出発して、

兵は勇まざらめや久かたの月日の御旗なびく朝風

二十七日越前の敦賀に着陣し、翌日は武田耕雲斎等の墓に詣でゝその亡魂を弔い、感慨無量なものがあった。

久かたの天に貫き高き哉誠をつみした大和魂

気比神宮に参拝して、

天地に誓ひを立てゝ君が為尽くす心は神ぞ知るべき

敦賀より乗船して海路を北越に向い、七月十日漸く高田に着陣した。同十四日高田を出発して柿崎・米山峠を過ぎて翌日柏崎に到着。それより出雲崎・細木山の敵を攻めて敗走せしめ、八月三日弥彦の宿に至り、弥彦明神に詣でゝ戦勝を祈り、

弥彦の山の神風吹きやぶけ背く夷ら尽きはつるまで

と詠じながら三条・新潟・水原・五頭山等を経て新発田に進んだが、その間に北越は略ゝ鎮定した。新発田に於て彼は、

久かたの月日のみ旗輝きて今宵やことに照り増るらし

それより引き返して信濃に入り、諏訪の町はづれに於て赤報隊の相楽惣蔵が刑死した跡を弔い、

よしや君しばし憂き名は立たぬとも尽くす心は人もこそ知れ

と詠んだ。かくて近江を経て京都に帰ったのは、秋も既に深くなっていた。

翌二年三月、巣内信善は東京に召された。同十五日兵部卿宮その他と共に大坂より乗船して東航し、途中、志摩の的矢浦に寄港して伊勢神宮に参拝した。それより三河の吉田に上陸して甲府に赴き、四月十四日漸く東京に到着し、軍務官に出仕した。東京に在っては井上文雄・三輪田綱一郎等と和歌を贈答して漸く楽しむ時が出来た。

然るに同年十二月大村益次郎の暗殺事件が起った。翌三年二月彼は梟首となったその下手人の首級の埋葬を請願した為に謹慎を命ぜられたが、同五月に至ってその職を免じて帰藩・禁錮を命ぜられた。翌六月彼は帰藩したが、翌四年春より興覚寺に入り、一室に籠居して深く謹慎した。かくて閉居する事一年有半、翌五年十一月秋雨蕭々たる夕、筆を持って机に倚りかかったまゝ突然として逝った。同寺に葬る。法名を釈僚正不退位と言った。後に従五位を贈られた。

四

前述の如く『巣内信善遺稿』は、信善が万延元年六月時事を慨して郷国を出でて、京都に上ってより国事に奔走し、遂に明治の新政を迎えるに至った。その間に於ける胸中心事を詠じた和歌を主として編輯した集である。固より和歌はその時々に詠ったものゝみでなく、後になって詠じたものも含まれ、彼自らが覚書の如く編輯した様である。従て排列の順序は必ずしも一定せず、多少の錯雑が認められる。

　而して是等の和歌は、前述の如くやはり情念の世界の表現であって、日記や文書の如く直に歴史の素材と為す事は出来ない。而も彼は自ら『慷慨歌集』と名付けたが如く、国事慷慨の余に成ったのであって、情感の昂ぶりは存してはいるが、作品そのものは、或は純文芸的としては見難い面がある。その点には謂ゆる志士の文学たる評価が与えられよう。併し和歌の中にはその時々の多感な彼の志藻や国事に対する思想を理解するに足るものがあり、その詞書にも歴史的史料の価値があるものも多い。それは隠密に行動した彼及び同志の動きを知るに足る史料ともなる。尚ほ彼の伝記には昭和十七年刊『式部愛国歌集』一冊が存する。

巣(すの)内(うち)信(のぶ)善(よし)遺(い)稿(こう)

日本史籍協會叢書 135

大正十一年十一月二十五日發行
昭和四十七年四月十日覆刻

編者 日本史籍協會
代表者 森谷秀亮
東京都三鷹市大澤二丁目十五番十六號

發行者 財團法人 東京大學出版會
代表者 福武直
一一三 東京都文京區本郷七丁目三番一號
振替東京五九九六四電話(八一一)八八一四

印刷・株式會社 平文社
本文用紙・北越製紙株式會社
クロス・日本クロス工業株式會社
製函・株式會社 光陽紙器製作所
製本・有限會社 新榮社

日本史籍協会叢書 135
巣内信善遺稿（オンデマンド版）

2015年1月15日 発行

編　者　日本史籍協会
発行所　一般財団法人　東京大学出版会
代表者　渡辺　浩
〒153-0041　東京都目黒区駒場4-5-29
TEL　03-6407-1069　FAX　03-6407-1991
URL　http://www.utp.or.jp

印刷・製本　株式会社 デジタルパブリッシングサービス
TEL　03-5225-6061
URL　http://www.d-pub.co.jp/

AJ034

ISBN978-4-13-009435-1　Printed in Japan